KB066723

범섬 앞바다

범섬 앞바다

홍상화 소설

한국문학사

운명 앞에 서다

누구에게나 그의 인생에서 가장 중요한 하루가 있다는 것이 나의 확고한 생각이다. 중요하다는 것에는 여러 의미가 있겠지만, 그 하루가 없었다면 그의 인생이 좋은 쪽으로든 나쁜 쪽으로든 송두리째 바뀔 수도 있다는 믿음이 그 이유이다.

나에게는 지난 서른여섯 살 때 한 여성을 만난 어느 날이 바로 그날이다. 왜냐하면 그날이 포함된 그해가 지나기 전에 내 심장은 얼어붙었기 때문이다.

그 이후, 범섬 앞바다 심해의 바닷물도, 시냇물이 흐르듯 높게 솟아오른 나무 사이를 비집고 흘러내리는 어느 봄날의 햇살도, 바닷가 바위 위에서 춤추는 그 수많은 한여름밤의 보름달 달빛도, 어느 여인의 헌신적인 도움과 그녀의 따스한 손길도, 하물며 용광로 안의 불꽃같은 문학을 향한 나의 열정도…… 내 심장을, 고철 조각처럼 얼어붙은 내 심장을 녹여주지는 못했다. 사반세기가 지난, 아직까지도…….

* * *

내가 이혜진이라는 여자를 처음으로 만난 운명의 그날 오후, 나는 집필실의 창밖에 시선을 둔 채 우울한 감정을 떨쳐버릴 수 없어 멍하니 앉아 있었다. 소설가로서 살아온 지난 10여 년간의 세월을 돌이켜보았기 때문이었다.

이제 내 나이 서른여섯, 독신주의자가 아닌데도 결혼 적령기를 넘기고서도 가정을 이루지 못했으니, 과거 10여 년 동안 소설을 쓴 것 이외에는, 누나에게서 배워 취미 삼아 해온 조각을 제외한다면, 별로 한 일이 없는 것 같았다. 누군가가 그동안 인기작가로서의 위치를 공고히 하지 않았느냐고 말한다면, 글쎄, 그렇다. 신문에 연재소설을 써 많이 읽히고 또 그것이 단행본으로 나오면 베스트셀러 목록에 들어가곤 했으니 인기작가임에는 틀림이 없을 것이다. 그러나 그것 모두는 엉터리 소설이었다. 아니 소설이라고 부르기에도 낯뜨거운 엉터리 이야깃거리에 지나지 않았다.

나도 한때는 제대로 된 소설을 썼다고 자신 있게 말할 수 있다. 대학 졸업을 앞두고 일간지 신춘문예에 당선된 후 군대생활과 얽혀 3년을 어영부영 보냈지만, 그 뒤 3년 동안은 문예지에 발표할 단편소설 쓰기에 열정적으로 몰두했다. 그때 나는 불멸의 단편소설 하나 남기는 것을 인생의 유일한 목적으로 삼았다. 명예도, 부도, 대중적 인지도도, 다른 아무것도 안중에 없었다. 그때 나는 가난했고 무명이었지만 행복했다. 그리고 그때는 누가 뭐라 해도 진정한 소설가였다.

아! 그때로 다시 한 번 돌아갈 수 있다면!

나도 모르게 탄식이 터져 나왔다. 나는 진정한 의미에서의 창작 인생이 끝났음을 예감했다. 소설의 좋은 소재가 될 만한 경험이나 느낌이 내 의식 속에 더 이상 남아 있지 않았다. 그렇다고 잠재의식 속에 숨겨져 있는 그 무엇을 끄집어내는 고통을 감당할 의지가 있는 것도 아니었고, 새로운 소재가 될 수 있는 경험을 찾아 나설 만큼 나의 문학적 열정이 치열한 것도 아니었다.

나는 서랍에서 작가노트를 꺼내 읽기 시작했다. 그 안

에는 간단한 에피소드 형태로, 앞으로 쓰여질 소설의 소
재가 적혀 있었다. 침울해지거나 자신감이 떨어질 때 그
것을 읽는 것은 나의 오래된 버릇이었다. 그곳에 적힌
에피소드가 언젠가 때가 되면 좋은 소설로 변할 수 있다
는 희망 때문이었다.

작가노트의 에피소드를 읽고 있는데 전화벨 소리가 울
렸다. 전화를 받을 기분이 아니라서 자동응답기의 메모
리가 나가도록 그냥 내버려두었다. 메시지를 남겨두라는
녹음된 내 목소리가 들린 후 상대방의 메시지가 들려왔
다. 외국인 특유의 억양으로 약간 어눌한 말투였다.

"마이크 무어(Mike Moore)입니다. 한국문학에 관해 취
재하러 며칠 전에 왔는데 내일 떠나야 해요. 시간이 있
으면 오늘 저녁식사나 같이했으면 합니다. 이 메시지를
들으면 바로 전화해주세요."

그는 자신이 묵고 있는 호텔의 전화번호와 방번호를
남기고 전화를 끊었다.

순간 나는 우울한 감정에서 빠져나올 수 있었다. 마이
크 무어라는 이름이 지난 10여 년 동안의 내 창작생활이
그래도 완전한 허송세월은 아니었다는 사실을 알려주었
기 때문이었다. 나는 이제 오히려 가슴이 뿌듯해왔다. 7
년 전 출간된 내 단편집이 영역 대상 작품으로 추천되었

다고, 그 사업을 추진하는 모 재단으로부터 3개월 전에 연락을 받았을 때의 감흥이 내 가슴속에서 되살아났다. 그리고 그 단편집의 영역을 맡은 역자이자, 대학에서 한국어를 전공한 후 지금은 『뉴욕타임스』의 주간지 문학부에 근무하는 마이크 무어를 만나 함께 보냈던 이틀간의 유쾌한 시간이 떠올랐다.

나는 곧바로 마이크 무어에게 전화를 걸어 그 호텔 바에서 7시에 만나기로 약속했다.

내가 호텔 로비에 들어섰을 때 그곳은 서성대는 사람들로 꽤나 붐비고 있었다. 나는 로비를 지나쳐 바에 들어가 자리를 잡고 앉아 주위를 둘러보았다.

"정훈, 안녕하세요?"

귀에 익은 외국인의 억양에 고개를 들자 손을 흔들며 다가오는 마이크가 보였다. 앵글로색슨인으로서 175센티 정도 되는 키에 구레나룻 수염으로 얼굴의 반을 가리고 콤비를 걸친 그는 나보다 한 살 위인데도 더 젊어 보이고 활기차 보였다.

"만나서 반가워요. 언제 왔어요?"

나는 자리에서 일어나 손을 내밀며 그를 반갑게 맞았다.

"일주일 정도 됐어요."

그가 자리에 앉으며 말했다. 우리는 칵테일 두 잔을 시켰다.

순간, 마이크가 갑자기 긴장하는 듯한 표정을 지었다. 그리고 그 표정이 곧바로 흐뭇해하는 미소로 변했다. 그런 미소 속에 바의 천장 쪽을 손으로 가리켰다. 내가 어리둥절해하자 그는 그곳 스피커에서 은은히 흘러나오는 멜로디에 맞춰 조용히 노래를 부르기 시작했다.

To dream the impossible dream (불가능한 꿈을 꾸는 것)
To fight the unbeatable foe (이길 수 없는 적과 싸우는 것)
To bear with unbearable sorrow (견딜 수 없는 슬픔을 견디는 것)

그 가사를 들으면서 나는 그것의 내용을 나도 모르게 속으로 '사랑'과 연결시키고 있었다. '사랑'의 시작과 '사랑'의 중간과 '사랑'의 끝을 잘 대변해준다는 생각이 들어서였다. 아마 마이크는 돈키호테의 고귀한 기사도 정신을 떠올리고 있었을 것이다.

"문학은 참 위대한 거예요!"

노래를 끝내면서 마이크가 말했다. 내가 의아해하자

그가 말을 이어갔다.

"거의 4백여 년 전에 스페인 시골 한구석에서 쓰인 『돈 키호테』라는 소설이 얼마 전 미국 뉴욕의 브로드웨이 무대에서 뮤지컬로 다시 태어났고, 그 뮤지컬의 한 노래가 지금 서울의 한 호텔에서 들려오고 있지요. 시간과 공간을 뛰어넘는 문학의 초월성을 잘 증명하고 있지 않나요? 세상이 아무리 변한다 해도 앞으로 4백 년 후에도, 8백 년 후에도, 천 년 후에도 같은 일이 반복될 거예요."

"『돈키호테』가 그렇게 좋은 소설인가요?"

별것 아닌 일에 흥분을 감추지 못하는 그에게 동조하기 위해 별 의미 없이 던진 질문이었다.

"그 어떤 철학 서적보다 나에게 더 철학적으로 영향을 끼친 소설이지요."

"그 소설의 어떤 점이 그렇게 철학적이던가요?"

내 질문에 그는 잠시 생각에 잠긴 듯하다가 입을 열었다.

"이런 대목이 있어요. '인간은 누구나 부끄러움과 두려움으로 고통을 받게 되어 있다'라고요. 그리고 '그것을 지우는 유일한 방법은 사랑과 죽음밖에 없다'라고도요."

"어떤 점에서 영향을 받았지요?"

"부끄러움과 두려움에 관한 거예요. 모든 사람이 다 자기 혼자만 가지고 있는 부끄러움이나 두려움이라고 생각하는데, 사실은 누구나 다 가지고 있는 거예요."

"왜 부끄러워질까요?"

"자신의 과거에 대해 누구나 다른 사람이 모르는 부끄러움이 있게 마련이지요. 그리고 그것 때문에 끊임없이 남모르게 괴로워하지요."

"두려움은 왜 생길까요?"

"미래를 예측할 수 없기 때문이지요."

"사랑하면 그것에서 해방될 수 있을까요? 죽음은 당연히 해방시켜주겠지만."

"사랑의 위대함을 암시한 거예요. 그렇게 말하는 과정에서, 내 경우는 세르반테스의 문학이 나를 끈질기게 괴롭혀왔던 부끄러움과 두려움으로부터 나도 모르게 해방시켜주었어요. 나만이 그러는 것이 아니고 인간이면 모두가 겪는 일이라는 것을 깨닫게 해주었지요."

그때 우리가 주문한 칵테일이 나왔다.

칵테일을 마시면서 잠시 동안 마이크가 번역하고 있는 단편집에 대해 이야기를 나누었다. 대화가 진전되는 동안 나는 다시 점점 침울해져갔다. 그때 쓴 단편과 그 이후 쓴 소설이 비교되었기 때문이었다.

"정훈, 창작활동이 여전히 활발하세요?"

단편집에 관한 이야기가 끝나자 마이크가 넌지시 나에

게 물었다.

"지금 내가 하고 있는 작업은 창작활동이라 부르지 않을 거예요. 내 창작활동은 7년 전에 끝났어요. 마이크가 번역하고 있는 단편집이 나의 마지막 창작품들인 셈이지요."

나는 미소를 지으며 말했다.

"그럼 지금 하고 있는 작업은 뭐라고 불러야 합니까? 정훈의 소설이 계속해서 베스트셀러에 오른다고 들었어요."

"베스트셀러가 뭔지 알잖습니까?"

마이크가 고개를 저었다.

"하릴없는 사람들이 텔레비전 드라마를 보듯이 그렇게 쉽게 읽을 수 있는 소설이라야 베스트셀러가 되는 거예요."

"그래도 소설은 읽혀야 하지 않나요? 세상에서 가장 불쌍한 사람은 읽히지 않는 소설을 힘들여 쓰는 사람이에요."

"그런 사람은 그래도 쓰면서 희열이라도 느낄 수 있을지 모르겠습니다. 나는 요즘 소설을 쓰면서 환멸만 느끼고 있어요."

대화의 방향이 좀 이상하게 흘러간다고 느꼈던지 마이

크가 잠시 잠자코 있다가 분위기 전환이라도 하려는 듯 갑자기 말을 꺼냈다.

"아 참, 내가 얼마 전 발표한 단편소설을 가지고 있는데, 관심 있다면 보여줄게요. 별것 아닌 사랑 이야기지만."

"네, 어떤 불꽃같은 사랑 이야기인지 읽고 싶네요."

마이크가 윗저고리 안주머니에서 단편소설의 복사본을 꺼내 나에게 건네주었다.

"아주 시간이 많이 남아돌아 심심할 때 읽으세요."

그리고 마이크는 쑥스러운 듯 얼른 말머리를 돌려 다음 말을 이었다.

"자, 그럼 저쪽 레스토랑으로 자리를 옮깁시다."

우리는 바를 나와 반대쪽에 있는 레스토랑으로 자리를 옮겼다. 그곳에서 마이크는 양고기 요리를 추천했고, 나는 그것을 받아들였다. 주문을 받고 뒤돌아서 가는 웨이트리스의 뒷모습에 마이크의 시선이 뒤따르고 있었다.

"요즘도 연애사업이 활발하지요?"

내가 마이크에게 농담조로 말했다. 마이크가 독신주의자를 자처하면서도 꽤 자유분방한 여성편력을 가지고 있음을 지난번 만났을 때 알았기 때문이었다.

마이크가 짐짓 진지한 표정을 지으며 자세를 고쳐 앉

았다.

"그런데 3일 전쯤에, 내 여성관은 완전히 달라졌어요."

나는 마이크가 또 어떤 농담을 시작하려니 생각하고 대수롭지 않게 들었다.

"무슨 일이 있었는데요?"

"이때까지 내가 여성의 아름다움이라고 생각한 것은 진정한 아름다움이 아니었습니다. 사흘 전 나는 여성의 진정한 아름다움을 발견했어요."

마이크의 진지한 표정에 나는 어리둥절했다.

"사흘 전에 무슨 일이 있었는데요?"

"우연히 어떤 여성을 보았어요."

"어떤 여성인지 보고 싶네요."

내가 장난삼아 말했다.

"식사하고 그리로 안내할게요."

장난삼아 꺼낸 말에 마이크가 대뜸 약속했지만, 나는 그냥 귓가로 흘려버렸다. 마이크는 지난해 열렸던 서울 올림픽을 텔레비전을 통해 보았다며 장황한 칭찬을 늘어놓기 시작했다. 나는 그것을 과장하기 좋아하는 외국인 특유의 습관으로 받아들였다. 오히려 개막식 쇼의 수준이 신통치 않았다고 아쉬워하고 있었으므로 대화를 다른 쪽으로 바꾸고 싶었다.

우리들의 대화는 양고기 요리가 나오면서, 그리고 마이크가 주문한 포도주가 나오면서 내가 좋아하는 방향으로 흘러갔다. 우리들은 세계문화를 파멸시키고 있는 미국의 저질문화에 대해 신랄하게 비판했고, 그것을 아무런 여과 없이 받아들이는 고유문화를 가진 민족의 어리석음을 비웃었다. 그리고 선진국·후진국 할 것 없이 권력을 휘두르는 정치가들의 낮은 지적 수준과 파렴치함에 대하여 구체적인 이름까지 들먹이며 비난을 퍼부었다. 우리는 실컷 웃어대고, 거침없이 포도주를 들이켰다.

식사가 끝났을 때 우리 두 사람은 얼근히 취해 있었다.

"자, 이제 일어나지요. 식사 전 약속한 대로 여성의 진정한 아름다움을 보여줄게요."

마이크가 자리에서 일어나며 말했다. 나는 그때쯤 마이크가 한 약속을 까맣게 잊고 있어서 어리둥절했다.

"결코 후회하지 않을 거예요. 정훈의 인생이 그 여자를 보는 순간 바뀔지도 몰라요."

마이크가 덧붙였다. 나는 엉겁결에 그를 따라나섰다.

* * *

마이크는 '애수'라는 카페의 문을 열고 들어갔다. 그런
마이크를 뒤따라 출입구로 들어선 나는 양쪽 벽에 위아
래 두 줄로 걸려 있는 해저 사진에 시선을 보냈다. 그곳
을 들어서는 사람이라면 누구나 강렬한 인상을 받을 만큼
모든 사진이 어떤 섬뜩한 느낌을 주었다. 10개 정도 되어
보이는 해저 사진은 심해의 암흑 때문인지 음울한 색깔의
기암절벽과 여러 종류의 물고기를 담고 있었다.

우리는 홀 중간쯤에 놓인 테이블에 자리를 잡았다.

"그 여자를 부릅시다."

내가 불쑥 말했다.

"아직 없어요. 이 집 주인이라고 하는데 느지막이 하
루치 계산을 마감하러만 얼굴을 비친다고 했어요."

"여러 번 봤어요?"

"한 번밖에."

"어떻게 생겼기에 한 번 보고 반했단 말이에요?"

내가 빈정대는 투로 말했다.

"글쎄요. 뭐라고 할까? 어떤 남자라도 접근하지 못할
정도의 아름다움이었어요. 그리고 그 아름다움은 비극적
이었고요."

"대화를 나누어보았나요?"

"아니에요. 그냥 보기만 했어요."

"어떤 남자라도 근접하지 못할 정도의 아름다움이 어떤 아름다움인지 궁금하군요."

나는 이 친구도 보기와는 달리 어수룩한 데가 있구나, 하고 그의 말을 대수롭지 않게 흘려버렸다. 그러고는 주위를 둘러보았다. 술꾼들이 모여들기에는 아직 이른 시간인지 홀 가장자리에 놓인 몇 테이블 외에는 거의 비어 있었다. 홀 안은 고적한 분위기에 가득 잠겨 있었다.

곧이어 주문을 받으러 온 웨이터에게 내가 말했다.

"맥주 두 병만 주세요."

"무슨 맥주를 드릴까요?"

"뭐 있는데요?"

"하이네켄, 버드와이저……."

마이크가 한국산 맥주가 없느냐고 물어와 나는 오비나 크라운 아무거나 달라고 말했다.

"한국산 맥주를 좋아하나요?"

내가 안주로 땅콩을 시키면서 말했다.

"어느 나라에서나 그 나라 맥주를 시키는 것이 내 원칙이에요."

"왜죠?"

"그 나라의 물로 만든 맥주라서 가장 신선할 테니까
요."

마이크의 말이 일리가 있다는 생각이 들었다.

"외국을 방문하면 어디서 가장 많은 시간을 보내세
요?"

마이크의 또 다른 예지를 엿볼 수 있을 것 같아 물었다.

"그 나라의 고궁이지요. 그 나라 최고의 장인이 만든
걸작이니까요. 그런 면에서 한국의 서울은 복 받은 곳이
에요. 세계에서 고궁이 가장 많은 도시가 서울이잖아요.
오늘 낮에는 경복궁 안을 서너 시간 걸었어요."

나는 머릿속에서 경복궁을 떠올렸다.

"경복궁을 거닐면서 다른 곳에서는 경험할 수 없는 '영
적 평온'(마이크는 'spiritual serenity'라는 단어를 썼다)을 느
꼈지요. 그리고 비원을 보면서 정원이란 규모가 크고 오
랜 시간이 걸리는, 그리고 항상 변화하는 진정한 예술작
품이라는 것을 확인했고요."

그때 우리 테이블에 도착한 맥주로 우리는 목을 축였
다.

"그런데 한 가지 의문이 있어요. 한국 사람들은 그런
고궁에 자부심을 가져야 하는데 그렇지 않은 것 같더군
요."

마이크가 맥주잔을 내려놓으면서 말했다.

"다른 나라의 경우는 어떤가요?"

"서구 제국은 말할 것도 없고 공산주의 국가인 소련도 크렘린궁 앞에 '붉은 광장'을 만들었고, 중국까지도 자금성 앞에 '천안문 광장'을 조성했지요. 그곳 광장에서 국가적 행사를 개최함으로써 자기 나라의 역사와 문화를 자랑하지요."

잠시 생각에 잠겼다가 내가 말문을 열었다.

"한국 사람은 산뜻하고 현대적인 것을 좋아하지요."

"국민성인가요?"

"아니에요. 국민 수준이라고 봐야지요."

"국민 수준이 아니라 국민 정서겠지요."

그렇게 말한 다음 마이크는 호기심에 찬 눈으로 홀 안을 두리번거렸고, 나도 그의 시선을 따라 둘러보았다. 벽쪽을 따라 걸려 있는 동양화와 서양화, 그리고 사실화와 추상화를 천장에 매달려 있는 자그마한 스포트라이트 여러 개가 은은한 빛으로 비춰주고 있었다. 천장 중간쯤에는 단조로운 모형의 샹들리에가 홀 안을 밝혀주어 테이블마다 놓인 촛불과 멋진 조화를 이루어내고 있었다.

마이크의 시선이 나와 마주쳤다. 그는 엄지손가락을 들어 보이며 실내장식의 취향이 마음에 든다는 표시로

싱긋 웃어 보였다. 그의 의견에 동의하면서도 한편으로는 나를 끈질기게 붙잡고 늘어지는 어떤 섬뜩한 느낌을 떨쳐버릴 수 없었다. 벽에 걸려 있는 그림들이 풍기는 음습한 분위기, 차가운 내부 조명, 그리고 검은색이 주조를 이루는 벽지 등이 합쳐져 그런 느낌을 주었는지 모르겠다.

"내가 좋은 소설 소재 하나를 알려줄까요?"

내가 이렇게 말하자 마이크가 당장 관심을 보였다.

"며칠 전 봤다는 이 카페 주인을 소설로 다뤄보면 어떨까요? 얘기한 것처럼 그 정도로 마이크의 관심과 호기심을 불러일으켰다면 소설의 소재가 되고도 남을 거예요."

나는 다소 농담을 섞어 말했다. 마이크는 진지한 표정으로 나를 향해 상체를 바싹 내밀었다.

"그러나 내가 그 여자를 다루면 비극이 될 것 같아요. 왜냐하면 그 여자의 아름다움은 불행하게도 비극적인 데가 있거든요."

"그럼 내가 제목을 제안해볼까요? '죽음과 연애하는 어느 동양 여자'라고 하면 어떻겠습니까?"

나는 장난기 섞어 말했다. 그는 잠시 생각에 잠긴 듯하더니 자세를 고쳐 앉았다. 그러고는 곧 흥분하여 떠들어대기 시작했다.

"시작은 이렇게 하는 거지요. 일인칭 소설로 '나'가 여행 중 비행기 안에서 어느 동양 여자의 옆자리에 앉게 되는 겁니다. 우리는 우연히 대화를 시작하고, 대화 중 '나'는 그 여자가 자살을 계획하고 있다는 것을 눈치채게 됩니다. 이유는 사랑하는 남자의 배신이라든지, 아니면 사랑하는 남자의 죽음이라든지 그 어느 것일 수도 있어요. 그러나 진정한 이유는 소설의 마지막에 가서야 독자에게 알려주고요. '나'는 그 여자의 죽음을 막기 위해……."

그 순간 그는 무엇에 홀린 사람처럼 하던 말을 뚝 끊고 내 어깨 너머를 뚫어지게 쳐다보았다. 나는 의아해하며 뒤를 돌아보았다. 희미한 불빛 때문에 잘 보이지는 않았지만 문 옆에 있는 카운터에 어떤 여자가 선 채로 카운터를 보는 여자와 얘기를 나누고 있었다.

카운터 옆에 서 있는 여자는 20대 후반으로 보였고, 다소 큰 키에 머리를 뒤로 묶고 검정 원피스를 입고 있었다. 옆모습만 보았지만 희미한 불빛 속에서도 창백하리만큼 희게 드러난 얼굴이 특별히 눈에 띄었다. 나는 다시 마이크를 쳐다보았다. 그는 그때까지도 얼이 빠진 사람처럼 그녀가 있는 쪽만 바라보고 있었다. 나는 술잔

24

을 들어 테이블에 소리 나게 놓았다. 그제야 그는 정신이 돌아온 듯 시선을 거두고 나를 보았다.

"무엇에 정신이 빠졌어요?"

나는 미소 지으며 그에게 물었다.

"바로 저 여자예요. 기가 막히게 아름다운 여자요."

"어떤 점이 그렇게 아름답지요?"

"설명할 수 있다면 이미 아름다운 여자가 아닐 거예요."

나는 속으로 웃었다. 손짓으로 웨이터를 불렀다.

"지금 카운터에 서 있는 분이 여기 주인인가요?"

"네."

"잠깐 뵐 수 없냐고 물어봐요."

"알겠습니다."

웨이터가 자리를 뜨자, 마이크에게 말했다.

"그 여자가 오면 자세히 보고 그 여자의 어떤 점이 마음에 들었는지 알려주세요."

나의 말에 그는 안절부절못했다. 곧이어 그 여자가 우리가 앉아 있는 테이블 옆에 서서 목례를 했다. 내가 옆자리를 권하자 그녀는 조금 망설이는 듯하다가 그 자리에 앉았다.

"이 친구는 당신이 매우 아름다운 분이라고 생각하고

있어요."

나는 마이크를 가리키며 다소 장난기 섞어 그녀에게 말했다.

"고맙다고 전해주세요."

그녀는 무표정하게 사무적으로 답했다. 어색한 침묵이 자리를 잡았다. 그녀는 마이크가 한국말을 전혀 못하는 것으로 알았는지, 내가 마이크에게 통역하지 않고 입을 다물고 있자, 잠시 후 '땡큐' 하며 그에게 목례를 했다. 마이크는 마치 한국말을 한마디도 못하는 양 여전히 묵묵부답이었다. 마이크의 어색한 행동이 이유였는지, 혹은 그 여자의 사무적인 태도가 내뿜는 분위기 때문이었는지 나 자신도 좀 불편하게 느껴졌다.

"출입문 쪽에 붙여놓은 사진을 봤어요. 해저를 좋아하는 모양이지요?"

어색한 분위기에서 빠져나오려고 내가 말했다.

"네, 좋아해요."

"어떤 점이 좋죠?"

"글쎄요……."

그녀는 그냥 미소만 머금었다. 어색한 침묵이 다시 우리를 찾아왔다.

"그럼 편히 쉬다 가세요."

잠시 후 그녀가 일어나 우리에게 목례를 하며 말했다.

그녀가 사라진 후 나는 은근히 화가 났다. 아름답다는 나의 말을 지극히 사무적으로 받아들인 그녀에게 어떤 모욕을 당했다는 느낌이 들었기 때문이었다. 나는 그런 기분을 떨쳐버리려고 마이크에게 말했다.

"그 여자에게서 나는 아무것도 볼 수 없었어요……. 억지로 찾아낸다면 매우 사무적이라는 것뿐이에요. 그런 여자는 침대에서도 매우 사무적일 거예요. 어떤 감정도 없이 남자를 받아들이는 그런 여자요."

마이크는 혹시 내가 농담을 하는지 확인이라도 하려는 듯이 나를 물끄러미 보았다.

"그 여자에게서 보통 여자에게서는 느낄 수 없는 어떤 점을 못 보았단 말이지요?"

마이크가 나에게 이해가 안 된다는 표정을 지으며 물었다.

"어떤 점 말이에요?"

"그 여자에게서 비극적 분위기가 물씬 묻어난다는 것을 정말로 못 느꼈어요?"

"비극적 분위기?"

"영혼을 다 바친 사랑이 파국에 달했을 때만이 보일 수 있는 비극 말이에요……. 그 여자는 사랑을 하기 위해 태어난 사람으로 보여요. 일생에 한 번 있는 사랑 말입니다……. 그런데 그 사랑이 깨어진 것 같아요. 그래서 그 여자는 이제 비극에 구애하고 있는 거고요. 곧 그 비극이 현실로 찾아올 거예요."

나는 그가 무슨 말을 하는지 이해할 수 없어 잠자코 있었다. 그는 다시 말을 이었다.

"이 세상에는 사랑을 받고 싶어하는 여자와 사랑을 하고 싶어하는 여자가 있지요. 현대의 여자들은 거의 전자에 속하지요. 즉 사랑을 받는 만큼 사랑을 하려고 하는 거지요."

"그런데?"

"지금 그 여자는 후자에 속하는, 내가 현실에서 본 아주 희귀한 여자예요. 그런 여자만이 완벽한 사랑을 할 수 있을 거예요. 사랑이 완벽하다는 것은 연속성이 없다는 거고, 언제고 깨어지게 되어 있어요. 그런 사랑의 감정을 인간은 오랫동안 감당할 능력이 없지요."

"마이크, 소설을 쓰면 나한테 보내주세요. 왠지 모르게 불후의 명작이 나올 것 같아요."

나는 농담 삼아 말하며 자리에서 일어났다.

지나가는 사랑, 다가오는 사랑

　마이크와 카페 '애수'에 간 지 3개월 정도 지났다. 그 사이 마이크는 일주일에 한 번 정도로 내 단편소설들의 내용이 제대로 옮겨졌는지 확인하기 위해 번역된 부분을 팩스로 보내 나의 의견을 묻곤 했다. 마이크는 예외 없이 팩스의 말미에 가서는 추신 형식으로 "나의 소설 여주인공은 잘 있느냐?"라거나, "그 여자를 조심해라. 그렇지 않으면 파멸을 맞볼 것이다"라거나, "그런 여자를 보고도 그대로 방치한다면 인생의 참맛을 느낄 줄 모르는 인간이다"라는 등의 말로 카페 '애수' 주인에 대해 한마디 하는 것을 잊지 않았다.

　처음 몇 차례는 그냥 농담으로 흘려버렸으나, 마이크

가 계속해서 팩스에다 그런 내용을 담아 보내자, 나도 모르게 그 여자에 대한 은근한 관심이 일기 시작했다.

그런 연유로 해서 나는 일주일에 한두 차례 카페 '애수'에서 동료 문인들과 만났다. 때로 그녀와 마주칠 때면 '안녕하세요'라는 지나가는 말로 인사를 건네곤 했다. 그녀도 미소를 지으며 '안녕하세요'라고 인사를 했으나 그것은 나의 인사에 대한 최소한의 예의 같았다.

처음 몇 주일 동안은 마이크가 그 여자의 어떤 점에 그토록 끌렸을까 하는 약간의 호기심으로 카페 '애수'에 들렀으므로 그 여자가 눈에 띄지 않더라도 별로 상관하지 않았다. 그러나 시간이 점차 지남에 따라 그녀가 보이지 않으면 허전한 기분이 들기 시작했다. 비록 그녀의 사무적이고 싸늘한 표정이 특별히 나를 반기는 것 같지는 않았지만, 그래도 그녀의 모습을 보지 못하고 그곳을 나올 때면 하루 저녁을 헛되이 보낸 듯한 기분이 들곤 했다.

그때까지 그 여자에 대해 특별한 감정은 없었다. 보통 여자들이 인기작가에게 보이는 호감, 특히 나처럼 미혼의 인기작가에게 보내는 호감을 그녀가 전혀 보이지 않았다는 것이 다소 의외였으나 개의치 않았다. 사실 지난 몇 년 동안은 이성으로서의 여자에 대한 관심을 잃은 상

30

태였다. 아마 대학 영문학과 동기인 심미정을 제외한다면, 술자리에서 여러 사람이 어울릴 때면 몰라도 대개는 여자를 멀리했다. 여자가 싫어서가 아니었다. 인기작가가 되고부터 여자들이 나에게 보인 호감에 아마 조금은 지쳐 있었던 듯했다. ("'Nobody' wants to be 'somebody': 'somebody' wants to be 'nobody'"라는 말이 있는데, 그 당시 나는 후자에 속해 있었다.)

그날 밤늦게 왜 '애수'로 발길을 옮겼는지 모르겠다. 그날 저녁나절에 내 책을 낸 출판사에서 주선한 '저자와의 대화'가 끝난 후 출판사 직원과 술자리를 같이했고, 그 자리에서 나는 독자들이 보여준 호의에 꽤나 우쭐해진 탓인지 나에게 돌아오는 소주잔을 거침없이 받아 마셔 인사불성이 될 정도로 취했던 것 같다. 어떻게 그곳에 가게 되었는지 기억은 나지 않지만, '애수'의 문을 열고 들어섰을 때부터는 생각이 난다(인사불성으로 취해 한사코 말렸는데도 불구하고 집에 가는 길에 혼자 차에서 내리겠다고 막무가내로 고집을 부렸다는 사실을, 다음날 출판사 사장이 나에게 알려주었다).

지금 생각해보니 인사불성인 상태에서 나를 깨어나게 한 것은 그곳 문을 열고 들어섰을 때 내 눈에 비친 해저 사진이었던 것 같다. 처음 마이크와 함께 그곳에 갔을 때 느꼈던 것과 똑같은 강렬한 인상을 받았던 것이다. 다음으로 내 눈에 들어온 것은 카운터에 앉아 있는 그녀 였다. 나는 그녀에게 다가갔다.

"나하고 술 한잔 합시다. 꼭 할 말이 있어요."

그녀를 우격다짐으로 일으켜 세우며 나도 모르게 이런 말이 불쑥 튀어나왔다. 그녀는 놀라는 표정을 지으며 내 어깨 너머 카페 안쪽으로 눈길을 보냈다. 나는 뒤를 돌 아보았다. 카페 안에 있는 사람들의 시선이 나에게로 쏠 려 있었다.

"별일 아닙니다. 우리는 사랑하는 사이도, 그렇다고 미워하는 사이도 아닙니다. 단지 내 친구의 말을 전하려 고 하는 것뿐입니다."

내가 혀 꼬부라진 소리로 지껄이자 그녀는 어색한 표 정을 지었다. 중세를 배경으로 한 영화 장면에서 숙녀 에게 춤추기를 청하듯이, 나는 허리를 숙이고 한 손으 로 카운터 옆에 비어 있는 테이블을 가리켰다. 순간 나 는 몸을 가누지 못해 기우뚱하면서 카운터 앞에 주저앉 았다. 그녀가 얼른 카운터를 빠져나와 나를 일으켜 세웠 다. 나는 그녀의 부축을 받으며 엉거주춤 빈 테이블에 앉았다. 그녀도 마지못해 앞자리에 앉는 듯했다.

조금 정신을 수습한 나는 맥주를 시켰다. 그리고 두 개의 빈 잔에 맥주를 가득 부은 후 한 잔을 쭉 들이켰다. 그녀는 고개를 숙이고 무릎 위에 놓인 손만 만지작거렸다.

"내가 이곳에 혼자 온 것은 처음이지요?"

그녀는 아무 대답도 하지 않았다.

"왜 혼자 왔는지 알아요?"

"······."

그녀는 고개를 들어 나를 바라보았다.

"한 가지 질문이 있어요. 꼭 대답을 해주어야 합니다."

그녀는 다시 고개를 숙였다.

"내가 여기에 처음 온 날 그때 같이 온 미국 친구 기억 나지요? 신문기자지만 원래 소설가예요. 엉터리 대중소설가가 아니라 진짜배기 소설가요. ······그 친구가 뭐라고 한 줄 알아요? ······당신은 사랑을 받기보다 사랑을 하고 싶어하는 여자라고 하더군요. 요즘은 찾아볼 수 없는 여자라고."

그녀는 무릎 위에 놓인 손만 만지작거리며 아무런 반응도 나타내지 않았다. 나는 말을 계속했다.

"그리고 한 가지 더 있어요······. 당신에게서 비극적 분위기가 느껴진다고 했어요."

그녀가 침묵을 지키자 내가 다시 말을 이어갔다.

"그리고 나도 그렇게 생각해요. 명색이 소설가라 상상력에는 자부심이 있거든요."

내 말이 끝나기도 전에 그녀는 얼굴을 들어 나의 눈을 치켜보았다. 내가 소설가라는 사실을 비로소 알아차린 눈치였다.

"사실 나는 소설가가 가장 비극적인 사람이라고 생각해요. 왜 그런지 아세요? 모든 예술이 다 마찬가지이긴 하지만 특히 소설 쓰기란 잔혹한 전쟁과 같지요. 전쟁을 치르고 나면 육체가 늙기 전에 먼저 정신이 늙고 말아요. 서른여섯 살의 청년이 아니라 그 두 배인 일흔둘의 노인으로 변하는 거지요. 소설 쓰는 사람은 다 그런 운명을 타고난 사람들이에요."

내가 말을 끝내고 고개를 들자 그녀의 눈과 마주쳤다. 그녀의 시선이 처음으로 나에 대한 호의를 담고 있었다. 어쩌면 동정심인지도 몰랐다.

"소설가가 그런 운명을 타고난 사람들이라고는 생각해 본 적이 없어요."

그녀가 말했다. 그것이 그녀와 내가 사무적으로 나누지 않은 첫 번째 대화였다.

"내가 하고 싶은 질문은 이거예요. 당신의 어떤 점이

그 친구로 하여금 그렇게 느끼게 한 거죠?"

그녀는 처음으로 앞에 놓인 맥주잔을 집어 조심스럽게 들었다. 나는 내 잔을 그녀의 잔에 부딪쳤다.

"자, 우리 쭉 마시죠. 인생은 단 한 번뿐이잖아요. 행복은 우리 자신에 대한 우리 모두의 도덕적 의무예요. 취하는 것이 행복을 보장하는 가장 확실한 방법이지요."

"행복을 보장할 수 있는 방법은 없어요."

그렇게 말하면서 놀랍게도 그녀는 맥주잔을 단숨에 비웠다. 그것은 언제나 사무적이었던 그녀의 태도로부터의 놀라운 변화였다. 무엇이 그녀를 변하게 했을까? 아마도 내가 나도 모르게 유도한 동정심의 발로일지도 몰랐다. 그녀는 일흔두 살의 침울한 노인을 기분 좋게 해주려고 작정한 듯했다. 나도 곧 그녀를 따라 잔을 비웠다.

"취해보세요. 최소한 취한 동안만큼은 행복해질 겁니다."

나는 비어버린 두 잔에 다시 맥주를 채웠고, 우리는 똑같이 단숨에 맥주를 마셨다. 그리고 서로에게 미소를 지어 보였다. 서너 번을 그렇게 한 후 내가 말했다.

"포장마차로 가서 진짜배기 술을 마십시다. 소주 말이에요."

나는 자리에서 일어나 지폐 서너 장을 테이블 위에 놓

고 휘청거리면서 문으로 향했다. 문을 열고 카페를 나서는 나를 맞이한 것은 습기로 눅눅해진 후텁지근한 바람이었다. 나는 두 발자국을 떼어놓기도 전 휘청거리는 몸을 가눌 수가 없어 그 자리에 풀썩 주저앉고 말았다. 그때 누군가 나를 힘들여 일으켜 세워주고 있었다. 향긋한 냄새가 후각을 자극했다.

"그냥 집으로 가시지요."

그녀가 나를 부축하며 말했다.

"천만에…… 천만의 말씀. 오늘 저녁 당신에게 행복해질 수 있는 방법을 알려줘야겠어요."

그녀가 따라오든 말든 나는 혼자서 갈짓자걸음으로 길모퉁이에 있는 포장마차를 향해 걸어갔다. 그리고 포장마차의 포장을 걷고 안으로 들어섰다. 구석의 빈자리에 주저앉으며 주인아주머니에게 소주를 주문했다. 아주머니가 소주잔과 어묵국물을 내 앞에 가져다놓았다. 나는 소주를 잔에 따라 입으로 가져갔다.

"술을 더 드셔도 되겠어요?"

소리 나는 뒤쪽으로 고개를 돌려보니 그녀가 엉거주춤 서 있었다. 순간 움찔 놀라 나도 모르게 그녀를 뚫어지게 쳐다보았다. 카페의 희미한 불빛에서가 아니라 포장마차의 환한 불빛 아래 드러난 그녀의 모습은 그동안 내가 보아온 여자들과는 다른 점이 있었다.

나는 잠시 그것이 무엇인가 하고 자신에게 물어보았다. 그러나 얼른 답이 떠오르지 않았다. 순간 마이크가 한 말이 떠오르면서 그 친구의 소설가적 직관에 감탄했다. 너무나 아름다워 근접할 수 없다는 말과 왠지 모르게 비극적 분위기가 느껴진다는 말이었다. 갑자기 취기가 사라지는 동시에 어떤 불편한 감정이 느껴졌다.

얼떨결에 옆자리를 가리키자 그녀가 아무 말 없이 앉았다. 나는 앞에 놓인 소주잔을 들어 입에 털어 부었다. 독한 술이 식도를 싸하게 훑어 내려가며 뱃속이 후끈해 왔다. 불편한 감정이 다소 사라지는 듯했다. 나는 빈 잔을 그녀 앞에 내밀어 술을 가득 부었다.

"자, 한잔 마시면 행복해질 겁니다."

"과연 그럴까요?"

그녀는 미소를 지어 보였다. 아름다움과 비극적인 분위기가 절묘하게 어우러진 그런 미소였다.

"행복해지기로 하지 않았어요?"

"글쎄요. 저 자신이 행복해지기를 원하는지 잘 모르겠어요."

"행복이 우리 자신에 대한 도덕적 의무라고 내가 말했지요?"

그녀는 앞에 놓인 잔을 들어 한 모금 마신 후 잠시 침묵을 지켰다.

"행복하다는 거…… 어쩌면 매우 지루할지 몰라요."

그녀가 말했다.

"우리 모두는 늘 행복해지려고 노력하는 거 아닌가요?"

"행복해지려고 노력할 때가 행복한 거지, 행복하다는 것 자체는 지루할 것 같아요."

"그런데 이름이…… 아직 이름도 모르고 있어요."

"이혜진이에요."

"혜진 씨, 혜진 씨는 문제가 있어요."

"어떤 문제요?"

"혜진 씨는 불행해질 거예요."

"왜요?"

"혜진 씨는 불행해지려고 노력하고 있어요. 비극의 주인공이 되고 싶어해요. 그러나 불행해지려고 아무리 노력해도 불행해지지 않을 테니까 그래서 불행해질 거예요."

그녀는 나의 말에 미소만 지어 보였다. 우리 사이에 잠시 침묵이 흘렀다.

"행복해지려고 노력하세요?"

"그럼요."

어색한 침묵을 깬 그녀에게 고마움을 느껴 얼른 대답했다.

"행복하세요?"

"아니요. 술의 도움이 있을 때만 겨우 행복해지지요."

"왜 보통 때는 행복하지 않으세요?"

"아까 말했듯이 직업을 잘못 택했지요."

"직업이 어때서요?"

"내가 말했듯이 글쓰기란 사람을 지치게 해서 늙은이로 만들지요."

"나이 들어도 행복할 수 있잖아요?"

"나이가 들어도 매일 매일 더 약해지지 않으면 행복할수 있지요. 그러나 약해지지 않는 노인은 없지요. 특히 나는 날마다 약해지고 있어요. 이 술 때문에요."

나는 얼른 앞에 놓인 술잔을 들어 보였다. 그녀는 잠시 생각에 잠긴 듯하다가 다시 입을 열었다.

"사랑에 빠진다면 행복할까요?"

"사랑…… 사랑…… 사랑이란 좌절감을 주고, 종잡을수 없고, 심란한 거지요. 사랑은 결국에는 미움으로 변하고 맙니다."

그 말이 끝난 후에야 나 자신이 횡설수설하고 있다는

느낌이 들었다. 그러고 보니 초저녁부터 마신 술이 근래의 주량으로서는 꽤 도가 지나쳤다는 생각이 들었다. 속이 쓰려오기 시작해 얼른 자리에서 일어나야겠다 싶었는데, 그녀가 다시 말문을 열었다.

"미움으로 가지 않고 사랑으로 영원히 남으려면, …… 결국 사랑이 미움으로 변하기 전에 사랑을 끝마쳐야겠네요."

나는 문득 그녀가 어느 남자와 사랑에 빠져 있을지도 모른다는 생각이 들었다. 나는 가슴이 휑 뚫리는 허전함을 느꼈다. 취기가 말끔히 가시는 것 같았다.

"그래요. 혜진 씨가 어떤 사람과의 사랑을 영원한 것으로 남기려면 사랑할 때 그 관계를 끝맺도록 하세요."

내가 왜 그런 말을 했는지 나 자신도 알 수가 없었다. 내 옆에 앉아 술 취한 상태에서 대화를 나누고 있는 여자의 머릿속에 어느 남자가 자리 잡고 있을 것이라는 생각을 떨쳐버릴 수가 없었다. 나는 다시 덧붙였다.

"혜진 씨가 어떤 남자를 진정으로 사랑하고 있다면…… 그래서 그 사랑이 영원하기를 바란다면 그 사랑을 끝내도록 하세요."

"어떻게요?"

"다른 남자와 새로운 사랑을 시작하면 되지요."

40

조금도 주저함이 없이 나 자신도 모르게 입 밖으로 튀어나온 말이었다. 그녀는 고개를 숙인 채 내 말을 알아들었는지 못 알아들었는지 아무 말도 하지 않았다. 그런 그녀의 옆얼굴에 내 시선이 갔다. 그녀의 아름다움을 어떻게 표현하면 좋을까? 조각가가 심혈을 기울여 빚어놓고 싶은 옆모습이라면 어떨까?

착 가라앉은 두 눈꺼풀이 우수에 젖은 측은한 눈빛을 받쳐주고, 선이 분명하고 뚜렷한 콧날과 자그마한 입이 가느다란 목덜미와 멋진 조화를 이루고 있었다. 어느 예술가의 안목으로 보아도 트집 잡을 곳이 하나 없는 옆모습이었다. 그러나 그 모든 것이 하나로 합쳐져 어떤 비극적 분위기를 풍겼다. 보통 사람들이 걷는 평범한 인생살이를 그대로 따라 하기에는 너무나 아까운 옆모습이라는 느낌이 들었다. 순간 그녀에게 운명지어진 비극에 함께하고 싶다는 충동이 울컥 솟아났다.

"누구하고 사랑을 시작하지요?"

그녀가 고개를 돌려 나에게 서글픈 미소를 지어 보이며 물어왔다.

"나하고 시작하면……."

무의식중에 튀어나온 말이었다. 막상 입을 열고 보니 쑥스러워 말끝을 맺지 못하고 시선을 아래로 깔았다.

"지금의 제 사랑이 미움으로 변질되지 않게 하기 위해 새로 시작하는 사랑인데도 괜찮겠어요?"

나는 시선을 돌려 장난기와 심각함이 뒤섞인 그녀의 미소를 맞이했다.

"상관없습니다."

나는 그 말과 함께 앞에 놓인 소주잔을 들어 단숨에 들이켰다.

"자, 이제 나갑시다."

어색한 분위기를 피하려고 서둘러 말하고 나서 자리에서 일어나 돌아서려는 찰나였다. 바로 그때 내 얼굴이 포장마차의 문을 젖히고 들어오는 남자의 이마와 퍽, 하고 부딪쳤다. 나는 그 자리에 털썩 주저앉았다. 내 코에서 흐르는 피가 포장마차 바닥으로 뚝뚝 떨어지는 것을 물끄러미 보고 있었다. 그녀가 손수건을 꺼내 내 얼굴을 닦기 시작했다. 포장마차 주인아주머니와 남자가 지혈을 하기 위해 나의 미간을 누르는 등 부산을 떨기 시작했다. 나는 그들을 뿌리치고 일어나 포장마차 밖으로 나왔다.

포장마차를 나와 몇 발자국 옮기지 않아 돌부리에 또 걸려서 기우뚱하며 넘어졌다. 다시 허둥대며 일어났지만 몸을 제대로 가눌 수 없어 옆에 있던 가로수를 잡고 몸을 의지했다. 그때 위액이 역류하는 듯하더니 끄억 하면서 위장 속의 모든 것을 걷잡을 수 없이 토해놓기 시작했다.

토하고 또 토해 정신이 조금 들어오는 듯하자 나를 부축하고서 내 등을 두드려주던 그녀의 체취를 순간 느낄 수 있었다. 나는 돌아서며 그녀를 꼭 껴안았다. 내 가슴에 묻힌 그녀의 머리에 입술을 대었다. 부드러운 머리결과 향긋한 냄새가 한없이 좋았다. 그냥 그대로 오랫동안 있고 싶었다. 그러한 나의 심정을 이해라도 하듯 그녀는 꼼짝 않고 그대로 있어주었다.

잠시 후 나를 올려다보는 그녀의 걱정스러워하는 표정을 대하는 순간, 나는 더 버틸 수 없어 주저앉아버리고 말았다. 그녀는 나를 힘들게 일으켜 세웠다. 그리고 지나가는 택시를 세운 후 뒷좌석에 나를 밀어넣고 뒤따라 올라탔다.

"집이 어디세요?"

그녀의 물음에 나는 아무런 대답도 하지 않았다. 등받이에 비스듬히 기댄 후 그녀의 손을 꼭 잡은 채 편안한 마음으로 곯아떨어졌다.

* * *

얼마 동안이나 잤을까? 눈을 뜨자 견디기 힘든 갈증과
바스러질 것 같은 두통이 찾아왔다. 상체를 일으켜 세우
고 주위를 두리번거렸다. 창문을 비집고 들어온 희미한
외등 빛으로 윤곽을 드러낸 방은 무척 낯설었다. 더듬
거리며 침대 옆 협탁 위에 놓인 스탠드의 스위치를 켜자
방안의 모습이 곧 드러났다.

5평쯤 되는 꽤 큰방에 한쪽으로 침대가 놓여 있고, 침
대 반대쪽 벽 전체를 가린 책장에는 책이 꽉 차 있고, 다
른 벽면에는 책상과 의자가 놓여 있었다. 침대 아래쪽에
놓인 꽤 큰 오디오 세트만 빼면 어느 학자의 서재 분위
기를 풍기고 있었다.

침대 옆 협탁에 놓인 시계를 보았다. 3시 5분을 가리
키고 있었다. 시계 옆에 놓인 책 사이즈만 한 사진틀에
시선이 갔다. 사진 속에 두 남녀가 행복한 미소를 짓고
있었다. 나는 사진을 들어 자세히 살펴보았다. 훤칠한
키에 잘생긴 남자의 품안에 안긴 그녀가 고개를 돌려 카
메라를 향해 환하게 웃고 있었다. 내가 이제까지 대해온
이혜진의 쓸쓸한 미소와는 너무나 다른 행복에 젖은 미
소였다.

나는 침대에서 일어나 살그머니 방문을 열어보았다. 어둠 속에 잠겨 있던 거실의 내부가 희미하게 드러났다. 소파에서 담요를 덮고 깊은 잠에 빠져 있는 그녀의 옆모습이 시야에 들어왔다. 나는 문을 닫고 침실에 붙어 있는 화장실로 짐작되는 문을 소리 나지 않게 열고 들어갔다. 수도꼭지에 입을 대고 미친 듯이 물을 마셨다. 한참 물을 들이켜자 정신이 조금 들었다.

스탠드를 끄고는 다시 침대에 누워 잠을 청했지만 정신이 점점 맑아져왔다. 스탠드를 다시 켰다. 벽 쪽에 놓인 책장으로 가 읽을 만한 책을 찾다가 책들 사이에 놓여 있는 서너 개의 사진에 눈길이 갔다. 그중 한 남자가 단상 위에서 '쟁취'라고 쓰인 머리띠를 동여맨 채 오른손을 쳐들고 연설하는 장면도 있었다. 누가 보아도 매력적이고 젊음이 넘쳐흐르는 매우 지적인 남자였다.

순간 왜소해지는 나 자신을 느꼈다. 지난밤 취중에 이혜진에게 했던 나의 언행이 떠올라 얼굴이 화끈거렸다. 책장에 꽂힌 여러 권의 책 중 시집을 꺼내 다시 자리에 누워 읽기 시작했다. 책 속의 활자가 점점 커져 사진 속의 남자가 단상에서 포효하는 모습으로 변해 내 시야를 덮쳤다.

벌떡 일어나 뛰쳐나가고 싶은 마음이 간절했지만 한밤

중에 거실 소파에서 자는 그녀를 깨워 얼굴을 대하기도 민망했다. 더구나 인사불성이 될 정도로 만취한 나를 이곳까지 데리고 온 그녀에게 고맙다는 말이라도 해야 할 것 같아 그대로 있을 수밖에 없었다. 잠을 청했으나 다시 자기는 그른 일인 것 같았다. 글자가 눈에 들어오지 않아 책도 읽을 수도 없어 엎치락뒤치락거리자 오히려 두통만 심해졌다. 혹시 진통제를 찾을 수 있을까 싶어 침대 머리맡에 붙은 협탁의 서랍을 열어보았다. 도톰하면서도 예쁘장한 노트가 눈에 띄었다. 무심코 노트 겉장을 들쳐보자 '사랑하는 혜진에게, 혁수'라는 글귀가 적혀 있었다. 혁수라는 남자가 이혜진에게 선물한 일기장임을 알 수 있었다.

매 장마다 일기를 쓴 날짜와 그날의 일기가 쓰여 있었다. 첫 장의 날짜를 보니 지금부터 6년 전쯤이었다. 일기장을 넘겨보면서 일기를 쓴 날짜를 훑어보았다. 사흘, 나흘, 때로는 일주일, 이주일 간격으로 되어 있다가 일기장이 반 이상 지났을 때 글씨가 쓰이지 않은 빈 페이지가 나왔다. 마지막으로 쓰인 일기의 날짜를 보니 첫 장을 쓴 날짜에서 3년 후, 그러니까 지금부터 약 3년 전이었다. 이유가 뚜렷하지 않은 호기심이 나를 감쌌다. 다시 첫 장을 펴서 읽어내려갔다.

혁수 씨가 스물세 번째로 맞는 내 생일날 선물로 이 일기장을 주었다. 내가 이때까지 받은 생일선물 중 가장 값진 것 같다. 내 가슴에 특별한 자리를 차지하고 있는 혁수 씨가 준 선물이기 때문이기도 하지만 이 일기장이 가득 채워졌을 때에는 혁수 씨의 입김이 묻어 있는 일기장이 될 것 같기 때문이다…….

첫날의 일기가 이런 식으로 시작되었으므로 나는 그녀의 사생활을 들여다보는 것 같아 더 이상 읽지 않고 일기장을 덮었다. 그러나 일기장을 제자리에 넣으려는데 어떤 호기심이 나를 끈질기게 잡고 늘어졌다. 나는 빈 페이지가 시작되기 전 마지막 장을 찾아 다시 읽기 시작했다.

혁수 씨가 어떤 일을 하든 나로서는 관여할 바가 아니지만 혁수 씨가 다칠까 봐 겁이 난다. 그저께는 형사들이 직장으로 찾아와 혁수 씨에 관해 끈질기게 추궁했다. 혁수 씨가 어디에 있는지도 모르고 지난 한 달 동안 아무 연락조차 없었다는 말을 그들은 믿지 않았다. 형사들이 혁수 씨가 어떤 반국가 단체와 관련되어 이적행위를 하고 있다고 말했을 때 앞이 캄캄했다. 그럴 리가 없다고 나는 확신한다. 혁수 씨가 제발 무사하기만 했으면…….

　일기장의 마지막 장을 한눈에 읽은 후 서랍 안 제자리
에 넣었다. 불을 끄고 난 다음 침대에 누워 이혜진이라
는 여자의 과거를 거슬러 올라가 이모저모로 끼워맞춰보
았다. 지금으로부터 6년 전 그녀가 스물세 살 때부터 마
지막 일기를 쓴 날짜의 과거를 머릿속으로 그려보았다.
　그녀가 혁수라는 남자로부터 일기장을 선물로 받았던
6년 전에 대학에 다니고 있었는지는 확실치 않으나, 마
지막 일기장에 쓰인 '형사들이 직장으로 찾아와'라는 말
로 짐작하건대, 그로부터 3년 후에는 어느 직장에 다니
고 있었을 것이다. 그리고 그녀가 사랑에 빠진 혁수라는
남자는 책장에 놓인 사진으로 판단컨대 운동권 학생이
었음이 확실하다. 또한 수사기관의 추적을 피해 잠적하
지 않으면 안 될 정도로 반정부 학생활동에 깊숙이 관련
되어 있었으리라는 사실도 쉽게 짐작이 되었다. 술에 취
해 인사불성이 된 나를 이곳으로 데려온 것으로 보면 혁
수라는 남자는 현재 이 도시에 있지 않을 것이다. 그리
고 그의 사진이 곳곳에 놓여 있는 것으로 보아 그에 대
한 그녀의 사랑은 변함없는 것으로 보였다.
　문득 혁수라는 남자가 현재 감옥에 있을지도 모른다는

생각이 들었다. 그러면 이야기는 간단해진다. 이혜진은 학생운동을 하다 투옥된 남자를 사랑하는 여자로서, 집도 찾아가지 못할 정도로 만취상태인 나를 그냥 길거리에 내버려둘 수 없어 마지못해 자신의 집으로 데리고 와 잠자리를 마련해주었음에 틀림없었다.

허튼소리를 지껄여댄 기억이 떠올라 부끄러운 마음이 들었다. 당장에라도 자리에서 일어나 빠져나가고 싶었지만 한밤중이라 날이 샐 때까지 기다릴 수밖에 별 도리가 없었다. 나는 결론을 내렸다. 이혜진이라는 여자와의 관계는 내 인생에서 오늘이 마지막이라고.

이리저리 몸을 뒤치락거리다 깜빡 잠이 들었던 모양이다. 꿈속에서 비바람이 몰아치는 광활한 벌판에 홀로 서 있었다. 벌판을 가로질러 내가 서 있는 쪽으로 달려오는 이혜진을 보았다. 맨발에 잠옷만을 걸친 그녀는 긴 머리와 잠옷자락을 바람에 휘날리며 누구에게 쫓기듯 달려오고 있었다. 갑자기 그녀는 방향을 바꿔 벼랑 쪽으로 긴 머리를 휘날리며 뛰어갔다. 다급한 마음에 나도 벼랑 쪽으로 뛰어갔다. 그녀의 등 뒤에다 대고 '위험해요. 위험해요!'라고 소리 지르며 그녀를 따라갔다. 잠시 후 수천 길 벼랑 위에서 몸을 훌쩍 날리는 그녀의 모습이 보이자 나는 '악' 하고 소리를 질렀다.

눈이 번쩍 떠졌다. 실제로 '악' 하는 소리를 질렀는지 꿈속에서만 그랬는지 모르겠으나, 뜀박질을 한 사람처럼 숨이 가빠지고 온몸이 진땀으로 흥건히 젖어 있었다. 스탠드를 켜고 상체를 일으켜 세웠다. 스탠드 옆에 놓인 사진을 다시 한 번 보았다. 무슨 이유로 내가 그런 꿈을 꾸었나?

시계는 5시를 가리키고 있고, 거실은 여전히 정적에 싸여 있었다. 꿈속에서 시달린 경험이 거의 없는 나로서는 방금 전 꾼 꿈이 정말로 이해가 되지 않았다. 반정부 활동을 한 남자의 사진과 별로 감동적이랄 수 없는 일기 두 장 때문에 내가 그런 꿈에 시달렸다는 사실이 믿어지지 않았다. 비록 어제 저녁 오랜만에 만취되었기 때문이라 하더라도, 왠지 꺼림칙했다.

나는 서랍에 있는 일기장을 다시 꺼내 첫 장과 마지막 장을 한 번 더 읽어보았다. 처음 읽었을 때와 별로 다른 느낌을 받지는 못했다. 일기장을 덮어 서랍에 다시 넣으려다가 이상한 예감이 불쑥 솟았다. 3년 전의 일기를 침대 머리맡 서랍에 넣어두고 있는 데는 무슨 이유가 있으리라는 느낌이었다. 일기장의 맨 뒷장을 젖혀보았다. 그리고 앞으로 몇 장을 넘기자 이제는 눈에 익은 그녀의 필체가 눈에 들어왔다. 얌전하게 또박또박 쓴 앞엣것들과는 달리 막 휘갈겨 쓴 글이었으나 그녀의 필체라는 데는 의심의 여지가 없었다. 왠지 섬뜩한 기분이 들어 두근거리는 가슴을 누르며 계속 읽어내려갔다.

세상이 이렇게 잔인할 수 있을까? 신이 이렇게 무책임할 수 있을까? 오늘 저녁, 말기에 들어선 나병 환자의 얼굴보다 더 일그러진 혁수 씨의 얼굴을 대하는 순간, 조금이나마 남은 인생에 대한 미련이 송두리째 사라졌다. 심문 도중 정보를 누설치 않으려고 옆에 놓인 난로를 끌어안다가 난로가 엎어지며 입은 자해적인 화상이라고 하지만, 정말 믿을 수가 없다.

불꽃 속에서 일그러져버린 그 얼굴이 혁수 씨의 얼굴이라니! 나는 결코 받아들일 수가 없다. 하늘이 무너져도 받아들일 수가 없다. 아니다. 절대 아니다. 그 얼굴은 혁수 씨의 얼굴이 아니다. 언제나 쾌활하면서도 동시에 믿음직스러운 혁수 씨의 얼굴은 어디로 갔나?

정의를 부르짖던 건강한 입, 달콤한 사랑의 밀어를 속삭여주던 그 입은 어디로 사라졌단 말인가? 언제나 우뚝 솟아 균형을 유지하던 그 콧날이 뭉그러져 있다니! 이럴 수가 없다. 혁수 씨의 얼굴일 수가 없다. 누군가 나를 놀리려고 장난을 하고 있음에 틀림없다.

그러나…… 그러나…… 찌그러진 눈두덩 사이에서 반짝거리는 두 눈, 아아! 그 두 눈은 분명히 아직도 혁수 씨의 눈망울이다. 여느 때처럼 측은해하는 눈길을 나에게 보내고 있지 않은가? 신이여! 그를 잿더미로 만들면서 왜 눈망울은 그대로 두었는지요…….

나는 가쁜 숨을 몰아쉬며 일기장을 덮었다. 순간 5개월 전쯤의 신문기사 하나가 퍼뜩 떠올랐다. 3년 전부터 간첩혐의로 복역 중이던 30세 된 학생운동 출신 재야운동가 김혁수가 얼마 전 무혐의 처분을 받았다는 기사였다. 내가 그 기사를 즉시 떠올릴 수 있었던 것은 변호사와 나란히 앉아 기자회견을 하는, 얼굴이 온통 화상으로 짓이겨진 남자의 사진이 너무 충격적이어서 지금도 그 사진과 이름이 내 기억에 또렷이 각인되어 있었기 때문이었다.

서울올림픽을 치른 지 얼마 되지 않았을 때의 일로서, 수사기관의 고문 때문이 아니고 피의자 자신이 심문 도중 동료 이름을 발설하지 않으려고 옆에 놓인 난로를 끌어안음으로써 입은 자해라는 사실을 알리기 위한 것이, 그 당시 정부가 자해 사건이 일어난 지 3개월 후에 주선한 기자회견의 주목적이라고 기억된다. 그때까지 정부당

국은 김혁수의 자해 사실을 철저히 숨겨왔던 것이었다. 일기 내용으로 보아 그녀도 김혁수의 자해 사실을 기자회견 때 처음으로 알았던 것 같았다.

세상은 너무나 좁다는 사실을 다시 한 번 확인했다. 몹시 충격적으로 받아들인 사건의 그 주인공이 바로 이혜진의 애인일 줄은 상상 밖이었다. 그리고 방금 읽은 일기는 지금부터 5개월 전 그 남자의 기자회견 당시 쓰인 것임에 틀림없었다. 혹시나 하여 방금 읽었던 일기의 다음 장을 폈다. 날짜가 표시 안 된 일기였다.

네, 그래요. 당신은 나를 정복해버렸어요. 옴짝달싹 못하도록, 내 육체의, 내 마음속의 어느 작은 구석도 남기지 않고 말끔히 정복해버렸어요. 그러니 혁수 씨 마음대로 해도 된다는 건가요? 맞아요. 내 몸은 혁수 씨 마음대로 할 수 있어요. 혁수 씨 마음대로, 내 몸을 수챗구멍에 집어넣든지, 수천 길 낭떠러지로 던져버릴 수 있어요. 그러나 혁수 씨의 몸은 혁수 씨 마음대로 할 권리가 없어요. 나에게도 권리가 있어요. 혁수 씨의 몸과 마음 모두가 나의 마음을 빼앗았잖아요.

우리들이 꿈꾸어왔던 미래는 우리들의 것이었어요. 혁수 씨 것만은 아니었어요. 혁수 씨, 심문 도중 옆에 놓인 난로를 껴안았을 때, 동료 생각만 했나요? 나라는 여자는 한순간이라도 생각해보았나요? 혁수 씨 눈에는 내가 그렇게 하찮게 보였나요?

혁수 씨가 난로를 껴안았을 때, 바로 그 순간 혁수 씨는 나라는 여자를 불덩이에 처박아 한줌도 안 되는 재로 만들어버렸어요. 그런데도 나는 아직도 버젓이 걸어다니고 숨을 쉬고 있다니 믿을 수 없어요. 아! 어떻게 하지. 어떻게 하면 생각할 수 없는 인간이 될 수 있지. 어떻게 하면 이 배신감을 잊어버릴 수 있지…… 좋아요. 나도 할 일이 생겼어요. 혁수 씨가 나에게 안겨준 배신감을 반드시 되돌려주겠어요.

'배신감을 반드시 되돌려주겠어요'라는 말로 끝난 그날 일기를 읽고 나자마자 온몸에 소름이 돋아나는 것처럼 으스스했다. 소설가는 인간의 심리를 이해하려는 노력을 끊임없이 해야 한다지만, 일기가 보여준 그녀의 심리상태는 나를 혼란에 빠뜨렸다. 김혁수의 자해를 자신에 대한 배신으로 받아들이는 그녀의 심정, 사랑하던 남자가 불행한 일을 겪었건만 그에 대해 동정을 느끼기는 커녕 그의 행동을 잔인한 배신으로 받아들이는 사고를 이해할 수 없었다. 그러고 보니 그녀가 미소 짓지 않을 때의 표정은 남자에게 배신당한 여자처럼 차가운 데가 있었고, 그녀가 짓는 미소는 환한 웃음으로 변하기 전의 미소라기보다 쓸쓸함이 묻어 있었다.

일기장을 제자리에 놓으려는데 종이쪽지 한 장이 일기장 사이에서 흐느적거리며 떨어졌다. 무심코 그 종이쪽지를 집어들고 거기에 쓰인 글을 읽어나갔다.

'진실은 아주 간단한 것으로, 우리 주위에 항상 맴돌고 있다. 그리고 그것은 용기 있는 자의 눈에는 친근한 외양을 항상 갖추고 있다.'

혁수 씨가 한 말이다. 운동권 학생으로 물불을 가리지 않고 정의를 위해 싸울 때 혁수 씨가 나에게 한 말이다. 진실, 혁수 씨가 본 유일한 진실은 죽음이다. 죽음은 간단한 것으로 피할 수 없는 우리의 확실한 미래로서 우리와 항상 함께하고 있지 않는가? 그리고 원할 때는 친근한 모습으로 우리에게 다가선다. 죽음이라는 진실은 우리가 원하면 언제나 어디서나 찾을 수 있다는 사실을 지난 반년 동안 왜 몰랐는가…….

진실을 찾아가련다. 혁수 씨가 찾기 전에 내가 먼저 낚아채어 저세상에서 미소 지으며 혁수 씨가 허둥대는 꼴을 지켜보겠다. 내가 받은 고통을 혁수 씨가 한순간이라도 잊어버리지 못하고 괴로워하는 꼴을 보고야 말겠다…….

지금 창문을 때리고 있는 비바람도 몇 달 있으면 눈보라
가 되어 창문을 가리겠지. 창문을 가린 눈보라가 다시 녹
으면 파릇파릇한 나뭇잎이 보이겠지. 나뭇잎이 보이기 전,
나는 떠나련다. 진실을 찾아서. 이 세상에 한줌의 미련도
남기지 않고.

나는 팔을 뻗어 침대 머리맡 쪽에 있는 창문을 활짝
열었다. 새벽이 부옇게 밝아오고 있었다. 뭐라고 했더
라? 나는 이혜진이 쓴 마지막 글을 떠올렸다. 창문을 때
리는 비바람이 눈보라가 되고 눈보라가 녹기 전에 죽는
다고 했지. 아직 시간은 있다. 나는 급한 마음에 창문을
힘껏 닫았다. 창문이 닫히는 소리에 내가 깜짝 놀랐다.

잠시 후 똑똑, 하는 노크 소리가 들렸다. 누군가 방문
을 두드리고 있었다. '깨셨어요?' 하는 그녀의 목소리가
방문을 통해 들려왔다. 나는 일기장을 얼른 제자리에 집
어넣고 침대에서 벌떡 일어나며 '네' 하고 대답했다.

"커피 끓여놓을 테니 곧 나오셔서 드세요."

그녀의 목소리가 들려왔다. 나는 어쩔 줄 몰라 잠시
방안에서 서성거렸다. 나는 침대 옆 의자에 놓인 윗도리
와 넥타이를 집어들고 방문을 열었다. 주방에 서 있던

그녀가 고개를 돌려 미소를 보냈다.

"불편하셨지요?"

"아닙니다."

나는 무슨 큰 죄나 지은 것처럼 그녀의 시선을 피한 채 대답했다.

"커피 끓여드릴게요. 조간신문 보면서 잠깐 앉아 계세요."

소파를 가리키며 그녀가 나에게 말했다. 비장한 결심을 한, 복수심에 불타는 여자의 시선이라기에는 너무나 측은해 보였다.

"급한 일이 있어서……."

나는 거실을 지나면서 머뭇거렸다.

"잠깐이면 돼요."

"괜찮아요."

"6시도 안 됐어요."

나는 엉거주춤하며 현관 쪽으로 발길을 옮겨놓았다. 허둥대며 신을 신고 뒤도 돌아보지 않은 채 아파트 문을 열었다. 엘리베이터를 타지 않고 층계를 뛰어 내려오면서 발을 잘못 디뎌 몸이 기우뚱하고 넘어질 뻔했다. 뒤를 돌아다보았다. 그녀가 문 앞에 서 있었다. 나는 미소를 지어 보였다. 그녀도 미소로써 답했다.

* * *

이혜진의 아파트에서 하룻밤을 보내고 난 다음날 나는 제주도로 떠났다. 서귀포시 외각에 위치한, 아버지가 나에게 남긴 유일한 유산인 3천 평 정도 되는 감귤농장 안에 있는 농가에 머물기 위해서였다. 과거에도 소설을 구상하거나 초고를 쓸 때는 그곳에 처박혀 혼자 지내는 버릇이 있었다. 그런데 이번에도 소설을 쓰기 위해 그곳으로 훌쩍 떠났는지는 지금도 잘 모르겠다. 아마 이혜진이라는 여자를 머리에서 지워버리려는 데 더 큰 목적이 있었는지도 모른다.

나는 농가에 틀어박혀 소설 쓰기에 전심전력을 다하기로 했다. 이번만큼은 지난 7년 동안 써온 엉터리 대중소설이 아니라 누구의 잣대로도 훌륭하다고 인정받는 소설을 쓰고 싶었다.

먼저 선배들의 단편소설들을 다시 정독하기 시작했다. 그러나 곧 싫증이 났다. 하나같이 이른바 '빈곤문학'의 범주에 속하는 소설들로서 왜 빈곤 그 자체만이 문학의 필요충분조건이 되는지 이해가 되지 않았다. "김동인 씨의 소설은 비극적 사건을 자주 다룬다고 하였는데 그 말은 특정의 사건을 제한된 상황에서 극적으로 서술했다는 말이 아니라 그저 비참한 일생을 서술했다는 말에 가까운 셈이다"라는 어느 평자의 말에 공감이 갔다. 작중인물에게 연민이 느껴져 행동으로 옮겨지는, 시쳇말로 컴패션이 나타날 때 빈곤을 문학적으로 다룰 가치가 있다는 것이 나의 생각이었다. 문득 작가노트에 꽤 오래전에 적어놓은, 가난과 컴패션이 연결된 에피소드가 생각났다. 작가노트를 꺼내 그 에피소드를 읽기 시작했다.

점심시간을 알리는 종이 울렸다. 초등학교 2학년인 아이들이 아침에 등교하자마자부터 기다렸다는 듯 서둘러 도시락을 꺼내어 책상 위에 놓기 시작했다.

그때 창가 자리에 앉아 있던 미숙이라는 아이가 주위 친구들 눈치를 보며 살그머니 일어나 교실 유리문을 열고 밖으로 나갔다. 미숙이 바로 뒤에 앉은 정혜만이 그런 미숙이를 눈여겨보고 있었다. 미숙이는 일주일 전에 전학 온 아이였는데 일주일째 똑같은 일이 반복되고 있었기 때문이었다. 미숙이가 무얼 하는가 마음속으로 궁금해하며 정혜는 어머니가 정성스레 싸준 도시락을 먹기 시작했다.

그러다 문득 창밖을 바라보던 정혜의 시선이 텅 빈 운동장 한 곳, 담장 옆 철봉대 뒤 여러 개의 수도꼭지가 달린 식수대에 멈췄다. 그 식수대 중간에서 허리를 구부려서 거의 하늘로 얼굴을 향하게 하고 식수대 수도꼭지에 입을 대고 있는 미숙이의 모습이 보였다.

점심시간이 끝나기 직전에 교실로 들어온 미숙이에게 정혜가 물었다.

"미숙아, 니 점심시간에 운동장 식수대에서 뭐했노?"

"물 묵었다."

"와? 밥은 안 묵고?"

"물이 더 묵고 싶어서 물 묵었다."

"와? 물이 그래 맛있나?"

"그라만. 나는 물이 참 맛있데이, 니도 한번 묵어봐라."

다음 날 점심시간에 정혜는 창밖에 시선을 보내고 있었다. 텅 빈 운동장을 지나 식수대로 가는 미숙이의 모습을 정혜의 시선이 한순간도 놓치지 않고 따라갔다. 그리고 미숙이가 전날과 마찬가지로 거의 하늘을 향해 얼굴을 돌리고 물을 마시고 있을 때 정혜의 목울대도 미숙이와 같이 물을 꿀꺽꿀꺽 마시듯 움직였다. 실제로 물을 마시지 않았으나 어찌나 맛있게 느껴지던지 침이 저절로 넘어갔다. 정혜는 도시락을 꺼냈으나 어머니가 정성스레 만들어준 계란말이 몇 개만 끼적대다가 더 이상 먹기가 싫어졌다.

수업이 끝나자마자 정혜는 쏜살같이 교실을 빠져나가

운동장을 가로질러 식수대로 갔다. 미숙이가 했듯이 정혜도 허리를 구부리고 얼굴을 하늘로 향한 후 수도꼭지를 틀고 물을 마시기 시작했다. 한참을 그렇게 한 후 허리를 세우고 배를 조심스럽게 쓸어내렸다. 기대했던 만큼 물은 맛이 없었고, 배만 터질 듯 부풀어올랐다.

그날 오후 정혜가 집에 돌아와 마루에 책가방을 내려놓았다. 정혜 어머니가 책가방에서 도시락을 꺼내 뚜껑을 열어본 후 말했다.

"정혜야, 와 도시락 안 묵었노? 배 아프나?"

"예, 좀 아팠심더."

"지금은?"

"괜찮심더."

"언제부터 아팠노?"

"운동장 식수대에서 물을 묵고 난 후부터임더."

"와 그 물을 묵었노?"

"맛있다고 그래서예."

"누가?"

"일주일 전에 전학 온 미숙이라고 내 앞에 앉는 아가 그라데예."

"갸가 그 물이 맛있다 카드나?"

"예, 미숙이는 그 물이 맛있어서 점심때에는 밥도 안 묵고 식수대에서 물만 먹심니더."

"언제 그랬노?"

"일주일 내내 그랬심더."

"갸는 일주일 동안 점심때 밥도 안 묵었나?"

"안 묵었심더."

"그래 니가 묵어보니 물이 맛있더나?"

"언제예. 하나도 맛이 없어예."

"그래 그 물은 묵지 말고 교실에서 끓여주는 물 마시거래이."

"알겠심더. 근데예. 어무이! 미숙이는 와 그 물이 밥보다 맛있다 카지예?"

"나도 모르겠다…….."

다음 날 아침 정혜가 집을 나서기 전 조그마한 보자기에 싼 것과 흰 봉투를 주면서 어머니가 말했다.

"이 봉투와 보재기에 싼 것 학교에 가자마자 선생님한테 드리거래이."

"알겠심더. 보재기에 싼 게 뭡니꺼? 맛있는 냄새가 나네예."

"선생님께 드리는 도시락이다. 봉투에 있는 편지에 자세히 써 있으니까 선생님한테 주기만 하면 된다."

"알겠심더. 그리하겠심더."

그날 점심시간, 놀랍게도 미숙이가 물 마시러 교실 밖으로 나가지 않았다. 미숙이는 도시락을 꺼내 앞에다 펼쳐놓고 맛있게 먹기 시작했다. 정혜는 기분이 좋아졌다. 다른 반찬을 먹고 싶어 도시락을 들고 미숙이에게로 갔다. 그런데 놀랍게도 미숙이의 도시락 반찬은 정혜 것과 너무나 비슷했다. 비슷하다기보다 거의 똑같았다. 정혜가 말했다.

"울 어무이와 니 어무이가 맘씨가 똑같은가 보데이?"

"와 그 카노?"

"도시락 반찬 봐라, 비슷하잖나?"

"울 어무이는 없데이."

"우째 어무이가 없노?"

"죽었다 카드라."

"그라만 아부지는?"

"아부지도 없데이."

"어데 갔노?"

"나도 모른데이. 멀리 갔다 카드라."

"동생은?"

"하나 있데이."

"몇 살이고?"

"나보다 다섯 살 작데이."

"니는 좋겠다."

"와?"

"동생이 있어서."

"니는 없나?"

정혜는 고개를 끄덕였다.

며칠이 흘렀다. 정혜가 귀가 후 도시락을 책가방에서 꺼
내 어머니에게 주며 말했다.

"오늘 또 미숙이가 물을 묵었심더."

"뭐라꼬? 도시락은 안 묵고?"

"예, 그 전처럼 운동장 식수대에서 물만 묵었심더."

"오늘 아침 내가 선생님 드리라고 싸준 도시락 드렸나?"

"예, 드렸심더."

"그래, 미숙이는 도시락보다 물이 더 맛있다고 카드나?"

"예, 그랬심더."

"니가 물어봤나?"

"예."

"뭐라고 물어봤나?"

"와 도시락 안 묵고 물을 묵냐고 물었심더."

"그래서?"

64

"오늘은 물이 더 묵고 싶다고 했심더."

그날 오후 정혜 어머니가 학교에 가 정혜 담임선생님을 만났다. 미숙이는 고아원에 있는 아이인데 그곳에 어린 동생도 있다고 했다. 그 동생에게 주려고 미숙이가 도시락을 안 먹는다는 것이었다.

다음 날부터 정혜 어머니는 두 개의 도시락을 싸서 학교 수위실에 가져다주며 미숙이에게 전해주기를 당부했다.

일주일이 지날 무렵부터 이혜진이 문득문득 내 머릿속에 찾아들어 글이 써지지 않을 때가 종종 있었다. 그러나 나는 그녀를 나의 삶에 끌어들이지 말아야 한다고 다짐했다. 그렇게 이를 악물며 노력한 덕분인지 어느 정도 안정을 취할 수 있었다. 나는 애초의 의도와는 달리 소설 쓰기보다는 책을 읽는 데 열중했고, 그곳에 간 지 보름 만에 그녀로부터 벗어나 평온한 마음으로 서울로 올라왔다.

서울로 올라온 다음날 집필실에서 우연히 김혁수라는 남자에 관한 신문기사를 대하게 되었다. 일본에서 가진 기자회견에서 김혁수가 서울에서 있었던 기자회견의 내용과는 달리 제5공화국 군사정권 체제하의 인권침해 양상을 혹독히 비판하는 내용이었다. 그리고 다음주에는 그가 미국으로 가 워싱턴에서 케네디 상원의원과 만나기로 했다는 내용도 포함되어 있었다.

그 기사를 읽는 순간 나는 김혁수라는 남자를 향한 분노를 느꼈다. 근래에 신문기사를 읽고 파렴치하고 위선적인 언행을 일삼는 정치꾼들에게 느끼곤 했던 분노를 그에게서도 느꼈다. 자기를 사랑하는 여자가 견딜 수 없는 배신감을 느껴 자살까지 생각하고 있는 마당에 마치 자신이 세계의 인권을 대변하는 양 일본으로, 미국으로 돌아다니는 그를 이해할 수 없었다.

이 기사를 읽었을 이혜진의 모습이 문득 떠올랐다. 갑자기 무서운 공포가 몰려왔다. 그 기사를 읽고 제삼자인 나도 분노를 느끼는데 그녀의 심정이 어떠할까, 하는 걱정이 마음속에 자리를 잡으면서 몰려오기 시작한 공포였다.

그녀의 일기를 읽었을 때 잠시 가슴에 와 닿았던 충격은 시간이 흘러감에 따라, 한 여자의 일시적인 감정에 지나지 않는다고 받아들였었다. 그러나 이제는 일기장에서 밝힌 그녀의 결심이 구체적인 실체로 느껴지기 시작했다.

누군가와 의논하고 싶었다. 그러나 생각나는 사람이

아무도 없었다. 한참 동안 전전긍긍하다가 마이크가 떠올랐다. 내게 그녀를 만나도록 동기를 부여한 사람이 바로 그였기 때문이었을 것이다. 나는 그에게 편지를 쓰기 시작했다.

마이크에게

카페 '애수'의 주인을 모델로 한 소설은 잘 되어가고 있는지 궁금합니다. 나는 이곳에서 여전히 회의와 절망의 쌍곡선 위를 위태롭게 줄타기하고 있습니다. 창작이 주는 희열은 순간적일 뿐, 아마 우리는 이러한 쌍곡선 위에서 살 운명을 타고난 사람들인 모양이에요.

우연한 기회에 알게 된 그 여자(이름은 이혜진)에 관한 정보를 전하니 마이크의 창작에 도움이 되었으면 합니다. 이혜진은 김혁수란 남자와 오래전부터 사랑하는 사이였어요. 김혁수는 반체제 활동을 한 이유로 투옥되었다가 5개월 전쯤 출옥한 후 지금은 일본 도쿄에 있고요. 오늘 이곳 신문의 기사에 의하면 그가 다음주에 워싱턴으로 가 케네디 상원의원과 만나기로 되어 있답니다. 마이크가 기자 신분으로 한번 만나보면 좋을 것 같아요.

이혜진은 김혁수의 자해(심한 화상으로 얼굴이 짓뭉개졌지요)를 용서할 수 없는 배신으로 여겨 자살까지 생각하고 있는 것 같습니다. 어떻게 내가 그런 판단을 내리게 되었는지는 묻지 말았으면 좋겠습니다. 그러나 내 말을 믿어주세요.

그럼 소식을 기다리며.

정훈

나는 편지를 다 쓰자마자 곧 팩스로 보냈다. 마음이 좀 홀가분해졌다. 나는 자리에서 일어나 창가로 갔다. 시가지가 한눈에 들어왔다. 자동차의 행렬로 뒤덮인 거리는 어느새 어둠이 찾아와 활기를 되찾고 있었다. 낮에 본 지저분하고 어수선한 거리와 달리 자동차의 헤드라이트와 가로등 불빛이 교차하는 거리는 어떤 질서 속에서 그 나름대로 도시의 분위기를 간직한 듯 보였다. 그 분위기는 어떤 슬픔을 품고 있었다.

이 슬픔이 내 가슴에 찾아들기 시작했다. 그러나 이혜진의 일기가 그 이유라고 할 수는 없었다. 그러면 이 가슴속을 메워오는 슬픔은 무엇이란 말인가? 집필실을 훌쩍 뛰어나가 친구들과 술자리를 같이하거나 혼자서라도 술에 취해보면 어떨까 하고 생각했다. 그러나 오늘 저녁 따라 내가 느낀 슬픔은 술에 취해 잊어버릴 수 있는 성질의 것이 아닌 것 같았다. 잊어버리기는커녕 점점 심해지는 느낌이 들었다. 왠지 모르게 혼자서만 감당해야 될 슬픔으로 받아들여졌다.

자동차의 긴 행렬에 보냈던 시선을 들어 서울의 야경을 보았다. 붉은 네온사인으로 된 십자가가 온통 서울의 지붕을 이루고 있었다. 붉은 십자가가 점점 확대되어 붉은색으로 물들여지는 유리창에 은은한 미소를 짓는 이혜진의 모습이 겹쳐져 내게로 다가왔다. 그때 내 가슴속을 메워오는 슬픔이 무엇인지 알았다. 그 슬픔은 그녀의 은은한 미소, 지난번 그녀의 아파트를 나오면서 본 그녀의 미소 때문이었다.

생각이 여기에 미치자 나는 후다닥 책상으로 돌아와 선 채로 수화기를 들며 동시에 버튼을 눌렀다. 발신음이 점점 크게 들려오면서 내가 큰 실수를 하는 것 아닌가 하는 생각이 들었다. 수화기를 제자리에 놓으려는 순간 '여보세요' 하는 이혜진의 목소리가 들려왔다. 두 번째 '여보세요, 애수입니다'라는 소리에 나는 침을 꿀꺽 삼키고 입을 열었다.

"혜진 씨, 접니다……. 일전에 너무 실례가 많았어요."

상대방에서 아무 말도 없었다. 내 목소리도 기억하지 못할 정도로 그녀가 나를 이미 잊어버린 것 같아 쑥스러워졌다.

"이정훈입니다. 지난번에는 너무 결례를 한 것 같아요."

"그때 괜찮으셨어요?"

착 가라앉은 그녀의 목소리가 너무나 무심하게 들려왔다.

"네, 괜찮았습니다……. 오늘 저녁 지난번 일을 사과도 할 겸해서 그곳에 들러보려고요."

"괜찮아요. 사과는요 무슨……."

"한 30분 후면 도착할 텐데요."

"마침 나가려던 참이었어요. 약속이 있어서요."

"그럼, 더 늦게 가면 만날 수 있을까요?"

"아니요. 오늘은 다시 안 들어올 거예요."

잠시 침묵이 흘렀다.

"그럼 전화로나마 죄송하다고 말씀드려야겠군요."

"괜찮아요. 여하튼 고맙습니다."

여전히 사무적인 그녀의 목소리였다.

"그럼 안녕히 계십시오."

"네, 안녕히 계세요."

수화기를 제자리에 놓은 후 나는 멍한 기분이 되었다. 제 딴엔 잘한다고 한 일인데 오히려 부모에게 꾸중을 들

은 어린아이처럼 느껴져 화가 났다. 그런데 마침 심미정
으로부터 전화가 왔다.

"뭐하고 있는 거야?"

수화기를 들자마자 대학 영문과 동기생인 미정의 쾌
활한 목소리가 들려왔다. 대학 시절부터 우리 둘 사이의
우정은 남달랐다. 한때 캠퍼스 커플이라는 말이 나돌 정
도로 같이 붙어다녔으나 우리의 우정은 항상 우정으로
남아 있었고, 대학 졸업 후에도 서로의 문학관이 달랐지
만 동료 문인으로서의 우정에는 변함이 없었다.

"누군지도 모르고 반말로 지껄이면 어떡해?"

내가 꾸짖듯 말했다.

"아니, 그럼 혼자 쓰는 오피스텔에 전화 받을 사람이
또 있단 말이야? 내가 들은 소문이 헛소문이 아닌 것 같
은데……."

"무슨 소문?"

"네 집필실에 묘령의 여자들이 들락거린다는 소
문……."

"노총각도 총각이니 여자가 들락거릴 수야 있겠지. 그
렇지만 말이야, 네가 존경하는 누구처럼 문학을 미끼로
여자들을 희롱한 적은 없어."

나는 그녀가 활동하고 있는 진보적인 문학단체의 간부

이면서 문학을 미끼로 여자를 희롱한다고 소문이 자자한 어떤 원로작가를 넌지시 빗대어 말했다.

"왜 또 그 사람을 들먹거려. 너한테 충고 한마디 해도 되겠어?"

"해봐."

"그래도 양심적이고 진정한 문학인들이 가장 많이 모이는 데가 그곳이야. 제대로 글을 쓰려면 그곳 사람들과 어울리는 게 좋을 거야."

'그곳'이란 진보적인 문학단체를 의미한다는 것을 알았다.

"그곳은 치명적인 약점이 있는 곳이야. 자체 정화 능력이 없어. 투쟁의지만 보이면 무조건 동지로 받아들이는 곳이야. ……그건 그렇고 나도 너한테 한마디 충고해도 될까?"

"좋아."

"소설 쓰는 거 집어치우고 이제 결혼이나 하는 게 어때? 애 낳아 키우는 게 훨씬 나아."

나와 동갑인 서른여섯 살로 소설을 쓰는 것 외에도 문단활동, 특히 진보적인 문단활동에 발 벗고 나서고 있는 그녀였다.

"아니, 그럼 너처럼 대중의 인기를 한몸에 받는 위대

한 작가가 아니면 집 안에 틀어박혀 있으란 말이야?"

미정이 지지 않고 따지듯이 말했다.

"꼭 그런 식으로 비꼬아야 되겠어? 나는 위대한 작가
가 아니야. 진짜 위대한 작가가 어떤 사람인 줄 알아?"

"말해봐."

"독자의 인생철학을 바꿔놓을 수 있는 소설을 쓰는 사
람이야."

"그럼, 넌 독자의 인생철학을 뒤틀어놓기라도 했니?"

"아니, 난 독자의 발기된 성기를 수음해주는 사람이
야."

"당대 최고의 인기작가가 왜 갑자기 자신을 비하해?"

잠시 침묵이 흘렀다. 나도 모르는 사이에 미정에게 나
자신을 너무 비하했음을 알았다. 그것이 나를 화나게 했
다.

"그렇다고 미정이 너는 그렇지 않다는 말은 아니야.
상대하는 독자층만 다를 뿐이야."

미정이 이른바 노동소설과 체제저항류의 소설을 쓰면
서 일부 좌경 성향의 평론가들로부터 분에 넘치는 찬사
를 받고 있음을 의식하고 말했다.

"우리 말씨름 그만하고 저녁이나 같이할래?"

미정이 갑자기 저녁식사를 제안했다.

"좋았어. 마침 나도 만나고 싶던 참이야."

두 시간 후 우리는 전철역에서 만나 근처 식당으로 갔다. 매운탕 백반과 소주를 시켰다.

나는 밥에는 손도 대지 않고 밑반찬과 매운탕을 안주 삼아 소주 한 병을 거뜬히 비웠다. 그리고 소주 한 병을 더 시켰다.

"술만 그렇게 많이 마시면 어떡해."

"뭐가 많아?"

"소주 한 병이 그럼 적다는 말이야?"

"딱 알맞아. 안주가 좋아서 그래. 게다가 술 따르는 여자도 매력적이고……."

나는 혓바닥이 벌써 굳어지는 것을 느꼈다.

"노처녀가 술을 따라줘서 술맛 떨어졌겠는걸."

미정은 그렇게 말하면서도 싫지 않은 표정을 지었다. 나는 앞에 놓인 술잔을 단숨에 쭉 들이켜고 자세를 고쳐 앉으며 말했다.

"오늘 아침 신문에 실렸던데, 얼굴이 화상으로 엉망이 된 운동권 학생 출신에 관한 기사 읽어봤어?"

미정은 대답 대신 얼굴을 찡그렸다. 사진 속 그의 얼굴이 너무나 비참하게 일그러져 그녀도 매우 충격적으로 받아들인 모양이었다.

"그 남자의 애인을 만나봤어."

내가 말하자 미정이 깜짝 놀랐다.

"어떻게?"

"내가 가끔 가는 어느 카페의 주인이 알고 보니 그 남자의 애인이더라고."

미정은 '그래?'라고 말했지만 우리의 대화가 더 이상이 사건에 머물지 않기를 바라는 눈치였다. 그러나 나는 술에 취해 기분이 고양되어 있어서 느긋한 마음으로 김혁수와 이혜진이라는 남녀에 관해 미정과 대화를 나누고 싶었다.

"그런데 말이야, 문제가 생겼어."

"뭔데?"

"그 여자가 복수를 하겠다는 거야."

"왜?"

미정이 의아해하는 표정이었다.

"남자가 그렇게 자해한 것을 자신에 대한 배신으로 여기고 있어."

"심문 도중 동료 이름을 발설하지 않으려고 옆에 있던 난로를 껴안았다고 그러던데?"

"자신을 조금이라도 생각했다면 그런 행동은 하지는

않았을 거라는 거지……. 그래서 남자에게 복수하겠다는 거야."

"그걸 어떻게 알았어?"

"그 여자가 카페에 떨어뜨린 일기장을 무심코 읽어보았어."

나는 얼른 둘러대었다. 아무리 술에 취했더라도 그녀의 아파트에서 같이 하룻밤을 지냈다고 말할 용기는 없었다. 미정은 무슨 심상찮은 낌새를 느꼈는지 침묵을 지켰다.

"공연히 이상한 생각은 하지 마. 여자의 조언이 필요해서 얘기하는 거야."

"무슨 조언?"

"두 가지 궁금한 게 있어. 첫째는 그 여자가 정말로 남자의 자해를 자신에 대한 배신으로 받아들이느냐 하는 거고, 둘째는 복수를 한다고 했는데 어떤 방법을 택할까 하는 거야."

미정은 잠시 생각에 잠긴 듯했다. 한참 만에 고개를 들어 말문을 열었다.

"내가 그 여자라면……."

"그래 바로 그거야. 그렇다면 어떻게 할 것 같아?"

"만약 그렇다면, 난 처음에는 그 남자가 그렇게 자해

하도록 심문한 사람들에게 복수하기로 결심했을 거야."

"어떻게?"

"그런데 뻔하지 뭐. 처음에는 그렇게 생각했다가 달리 복수할 방법이 없다는 사실을 금방 깨닫게 되겠지. 결국 절망 속에 몸부림치다가 그 남자를 원망하게 되겠지……. 자신들의 미래를 깬 것을 한없이 야속해하면서 말이야. 그러다가 그 야속함이 오래 계속되면서 자신의 무력함을 느끼게 될 것이고, 그리고 산산조각이 난 둘만의 미래가 한층 더 아름답게 비쳐지면서 남자에 대한 배신감이 들겠지……. 어때, 이만하면 됐어?"

"그렇군! 그럼 그다음, 배신에 대한 복수로 어떤 방법을 택할 것 같아?"

"그것 역시 답은 간단해. 남자에게 복수하는 방법은 내가 죽어 그 남자로 하여금 스스로 자신이 죽였다는 죄책감을 갖게 하는 수밖에 없어."

이혜진이라는 여자의 일기장 내용에도 있긴 했지만, 그 충격적인 말을 조금도 주저하지 않고 내뱉는 미정을 나는 무엇에 홀린 사람처럼 멍하니 바라만 보고 있었다.

"미정이 너도 이젠 그 투쟁가들 사이에서 빠져나올 수 없어? 김혁수처럼 희생자만 만들 뿐이야."

이혜진이라는 여자의 자해를 막을 도리가 없다는 답답

한 마음에서 불쑥 나온 말이었다.

"내가 왜 이른바 네가 지칭하는 좌경이 된 줄 알아?"

미정이 도전적으로 물어왔다.

"그게 문단의 유행이니까."

내가 빈정거리는 투로 말했다.

"틀렸어."

"그럼 그 패거리에 들어가면 대신 생각도 해주고 외롭지 않게 해주니까."

"틀렸어."

"그럼 좌경이라야만 문단에서 득세할 수 있으니까."

"그것도 틀렸어."

"그럼 증오주의자들에게 세뇌를 당했으니까."

"그것도 아니야."

"그럼 뭐야?"

"자본주의를 반대하니까."

"왜?"

"섹스의 상업화를 주업으로 하니까……. 주위를 둘러봐, 간판 하나까지도 섹스를 상업화하고 있어."

"이유는 그것뿐이야?"

"섹스의 상업화만큼 중요한 게 한 가지 더 있어."

"그게 뭔데?"

"자연 파괴야. 자본주의의 과소비 풍조는 자연을 파괴할 수밖에 없어."

"교황 존 폴이 공산주의에 대해 뭐라고 했는지 알아?"

"뭐랬는데?"

"병을 고치려고 택한 약이 더 나쁜 병을 가져왔다고 했어."

"하지만 인간은 자본주의를 대체할 다른 제도를 찾아야 해. 이대로 가면 핵전쟁이 아니더라도 자연재해로 인해 인류는 멸망하게 되어 있어."

"다른 제도에 대해 처칠은 또 뭐라고 했는지 알아? '(자본주의식) 민주주의는 가장 나쁜 제도이다. 다른 모든 정부형태를 제외한다면'이라고 했어…… 즉 자본주의식 민주주의는 지지분하고 불공정하고 혼탁한 거야. 하지만 그게 최상의 선택이야."

"아마 인류에게 맞는, 자본주의가 아닌 어떤 제도가 분명히 있을 거야. ……공산주의가 제대로 가다가 어느 순간 잘못 방향을 튼 것 같아. 그 시점으로 다시 가……."

"틀린 사고야. 그건 억지 이론에 불과해. 공산주의가 안 될 수밖에 없는 분명한 이유가 있어."

"그게 뭐야?"

"바로 마르크스·엥겔스가 「공산당 선언」에서 선언한 사유재산 제도의 폐지야. 사유재산은 자유와 직결되어 있어. 사유재산 제도가 없으면 인간은 권력의 노예가 되고 말지. 그런 의미에서 사유재산은 성스러운 거야. 많든 적든 누구나 자유를 지키듯이 자신의 재산을 지켜야 돼."

"그럼, 사유재산이 없는 사람은 어떡해?"

"그러니까 중류층이 사회 안정에 가장 핵심이 되는 거야. 중류층이 없는 사회는 유지될 수 없어."

"그런데 사유재산은 끊임없는 경쟁을 요구하지."

"경쟁이 없으면 인간은 게으르게 되어 있어."

"경쟁은 인간을 불행하게 만들고, 결국 불행해진 인간은 저항하게 되어 있어. 인간은 저항하는 동물이야."

"그래서 너희들은 혁명을 기대하지. 그런데 그것은 불가능해. 왠지 알아?"

"왜 그래? 동의할 수 없겠지만 들어는 볼까?"

"대중의 대부분은 자신들이 다른 사람과 비교해 이미 자본가이거나, 아니면 언젠가 자본가가 되어야 한다고 생각하거나, 그렇지 않다면 미래에 자본가가 될 수 있다고 생각하는 사람들이야…… 그게 자본주의의 천재성이야."

그 말을 마친 후 나는 자리에서 일어났고 미정도 따라 일어났다.

다음날 아침 눈을 떴을 때는 머리가 빠개질 것 같은 두통과 함께 쓰라린 위장에다 눈꺼풀이 천 근이나 되는 것처럼 느껴졌다. 여느 때보다 늦잠을 잤는데도 눈을 제대로 뜰 수가 없었다. 대책 없이 마신 소주 때문이기도 하지만, 그것보단 밤새 너절한 꿈으로 괴로움을 당했기 때문이었다.

지난밤 이혜진에 관해 미정과 나눈 대화가 떠올랐다. 이혜진의 입장에서라면 배신에 대한 복수의 방법으로 죽음을 택하겠다는 미정의 말이 다시 한 번 내 가슴에 섬뜩함을 가져왔다. 미정의 말을 그냥 지나치는 말로 받아들이기에는 너무나 절실한 현실로 다가왔다.

무슨 일이든 해야 될 것 같은 강박관념이 엄습해왔다. 만약 이혜진이 김혁수에 대한 복수의 방법으로 자살을 선택한다면, 김혁수는 살인자가 되고 나 자신은 살인 방조자가 될지도 모른다는 강박관념이었다. 그렇다고 멜로드라마에서 흔히 보이듯이, 자살을 계획하는 사람을 붙잡아 앉혀놓고 자살을 포기하도록 너절하게 설득하는 일도 공연히 남의 일에 간섭하는 것 같을 뿐만 아니라 또

한 그녀를 설득할 자신도 없었다.

글쓰는 것 이외에는 별로 뚜렷이 할 일이 없었지만, 이혜진 때문인지 조급증이 생긴 나는 서둘러 집을 나섰다. 차 안에서도 어제 마이크에게 보낸 팩스에 대한 답장이 와 있을지 궁금증이 일었다.

잠시 후 나는 집필실로 쓰는 오피스텔 건물 주차장에 주차한 후 집필실로 올라갔다. 집필실 문을 열고 들어섰을 때 팩스 기기에서 삐주룩이 나와 있는 팩스 전문이 눈에 띄었다. 나는 팩스 전문을 꺼내 발신자를 확인했다. 마이크로부터 온 것이었다.

정훈에게

어제 보내준 팩스는 잘 받아보았어요. 나에게는 매우 충격적이었습니다. 왜냐하면 내가 그 여자를 모델로 한 소설의 한 부분에서 그녀의 자살을 비교적 상세하게 서술했기 때문이에요.

정훈이 부탁한 대로 워싱턴에 가서 김혁수를 만나보기로 했어요. 그와의 인터뷰 내용을 뉴욕타임스 주간지에 신기로 데스크와 협의 중이에요. 그를 만나보고 다시 연락할게요.

참고로 내 소설에서 그녀의 자살을 서술한 부분을 보낼

게요.

나는 다음 장을 읽기 시작했다. 마이크가 언급한 이혜
진의 자살 장면이었다.

그녀는 깊은 숨을 들이마셨다. 코냑과 섞어 먹은 다량의
수면제가 그녀의 몸속에서 한데 엉겨 묘한 효과를 나타냈
다. 한쪽에서는 한층 부풀어 오른 생명력이 기승을 부리고
있었고, 다른 쪽에서는 그녀의 의지가 그녀를 잠재우려고
버둥대고 있었다. 그녀는 그 남자의 이름을 마음속으로 조
용히 불러보았다. 그리고 그 남자에게 말했다. '인생은 언
제고 끝나야 하는 법, 나의 죽음을 기억할 당신이 있으니
나는 행복하다'고.

그녀는 누웠던 자리에서 일어나 비틀거리며 창가로 갔
다. 창밖에는 장미 한 송이가 봉오리져 곧 활짝 필 채비를
하고 있었다. 그녀는 장미에게 속삭였다. '나 대신 활짝 피
어 온 세상의 햇볕을 받으렴.' 그리고 그녀는 풀썩 주저앉
았다.

그녀는 몸을 구부리고 옆으로 드러누워 두 손을 마주 포
개 얼굴을 받쳤다. '억' 하는 신음소리가 터지고 배를 움켜
쥔 순간 온몸이 탁 풀어지듯 두 팔을 벌리고 똑바로 누웠

다. 동시에 그녀가 간직해왔던 단단한 고뇌 덩어리가 창을 통해 들어온 햇볕에 산산조각이 나 흩어져 나갔다.

나는 마지막 구절을 한 글자 한 글자 읽으면서 '그녀'를 이혜진의 모습과 일치시키고 있었다. 미래의 한 시점에서 그녀에게 일어날 일을 미리 글로 읽고 있다는 착각이 들었다. 다 읽고 났을 때는 무력감이 나를 휩쌌다. 그리고 한 여자의 죽음에 공범자 역할을 한 나 자신이 눈에 선해 죄책감이 몰려왔다. 그러나 얼마나 다행한 일인가? 아직 실제로 일어나지는 않았으니까. 그렇더라도 나에게는 그러한 미래를 바꿀 어떤 힘도 존재하지 않았다. 그녀를 만나 울며불며 호소라도 하고 싶은 심정뿐이었다.

* * *

'애수'에 들어서면서 나는 혹시 실수나 하지 않을까 하는 두려움에 가슴이 두근거렸다. 차라리 이혜진이 그곳에 없었으면 하는 바람이었다. 다행히도 그녀의 모습은 보이지 않았다. 빈자리에 앉아 위스키를 주문하고 나서 주위를 둘러보았다. 그때 구석에 놓인 테이블에서 젊은 남녀와 함께 앉아 있는 그녀의 모습에 나의 시선이 붙박였다. 전에 한번도 본 적이 없는 남녀와 무슨 심각한 얘기를 나누는지 그녀의 표정은 굳어 있었다.

나는 혼자서 반 시간 정도 위스키를 마시며 무료한 시간을 보냈다. 다섯 잔 정도 마신 위스키가 몸속에서 효력을 발휘하기 시작했다. 문득 그녀를 설득하기 위해 밤늦은 시간에 이곳에 와 그녀가 혼자 되기를 기다리고 있는 나 자신이 우스꽝스럽게 느껴졌다. 그녀의 일기장을 훔쳐보았기 때문이긴 하지만, 그녀가 마치 나의 친동생이라도 된 듯이 그녀의 사생활에 깊숙이 개입하려는 나 자신의 어리석음을 분명히 깨달았다. 나는 앞에 놓인 술잔을 마지막으로 입에 털어넣고 자리에서 일어났다.

출구 쪽으로 한 발자국 떼어놓으면서 마지막으로 그녀가 앉아 있던 곳으로 시선을 보냈다. 그때 그녀의 시선과 마주쳤다. 그녀가 자리에서 벌떡 일어나 급히 전할 말이라도 있는 듯 나에게 다가왔다. 나는 그 자리에 서 있었다. 내 앞에 다가온 그녀는 무언가 달라 보였다. 충혈된 눈과 홍조를 띤 얼굴 때문만은 아닌 것 같았다.

"언제 오셨어요?"

그녀가 놀랍게도 쾌활한 음성으로 물어왔다.

"30분 전쯤에요."

"벌써 가시게요?"

"……."

생긋이 웃으며 애교 있게 말하는 그녀의 모습이 너무나 생소해 나는 잠시 어안이 벙벙하여 아무 말도 하지 못했다.

"지금 꼭 가셔야 돼요?"

"아닙니다."

얼떨결에 나온 대답이었다.

"그럼, 저하고 한잔 더 해요……."

그녀는 여느 때 같아서는 상상도 할 수 없는 적극성을 보였다.

"저……."

"저 친구들은 괜찮아요. 그리고 사실 저도 파트너가 필요하거든요."

머뭇거리는 내게서 확답도 듣지 않고 그녀는 나의 팔을 이끌었다. 나는 이혜진에게 이끌려 엉거주춤 남녀 한 쌍의 친구들이 있는 자리로 갔다. 아직도 제정신이 아닌 나를 그들에게 소개했다. 나는 남자에게는 악수로, 여자에게는 목례로 인사를 건네었다. 그런데 내가 자리에 앉기도 전에, 그녀가 선 채로 있다가 '우리 그냥 나가요'라고 했다. 그런 다음에, 나나 친구들의 의사는 묻지도 않고 내 팔짱을 끼고 출구로 향했다. 어두컴컴한 실내라서 잘 볼 수는 없었지만 친구들의 표정에서 나의 출현을 별로 달가워하지 않는다는 기미를 읽을 수 있었다.

문을 나서자마자 그녀는 그곳에서 멀리 떨어져 있지 않은, 전에 그녀와 간 적이 있는 포장마차로 내 손을 이끌고 앞장서 갔다. 나는 어느 정도 술에 취해 있었고, 게다가 그녀의 쾌활하고 적극적인 모습이 너무나 갑작스럽고 예상 밖이라 뭐가 뭔지 감을 잡을 수가 없었다. 그래서 그녀가 이끄는 대로 잠자코 따라가는 수밖에 없었다.

뒤따라 나온 그녀의 친구들과 우리는 포장마차 안의 탁자에 둘러앉았다. 그곳의 꽤 밝은 불빛 아래서 나는 그녀가 몹시 취해 있다는 것을 알았다. 그러나 그것이 싫지 않았다. 언제나 차분함과 냉정함을 잃지 않았던 그녀에게서 새로운 면을 보는 것 같아 기분이 좋았다. 그녀가 친구들이나 나에게는 물어보지도 않고 맥주와 소주를 시켰다. 그리고 그것이 탁자에 놓이기가 무섭게 맥주에다가 소주를 타는, 이른바 '소맥' 칵테일 네 잔을 만들었다.

"혁명가를 위하여…… 그리고 혁명가의 여자를 위하여!"

그녀가 술잔을 들면서 한 말이었다. 내가 어리둥절해하자 그녀가 단숨에 술잔을 비운 후 말을 이어갔다.

"이 친구들이 저녁 내내 저를 뭐라고 설득했는지 아세요? 저한테 뉴욕에 가 혁명가의 여자로서 혁명가를 도우며 살라는 거예요. 이 작가님! 제가 혁명가의 여자처럼 보여요?"

나는 무표정 속에 침묵을 지키는 두 남녀를 번갈아 바라보았다. 그들은 똑같이 고개를 숙였다.

"이 작가님은 유명한 소설가야. 그래서 물어보는 거야. 아 참, 너희들은 소설을 안 읽지? 「공산당 선언」만큼 재미가 없으니까. 안 그래?"

그런 다음 자리에서 일어나 팔을 벌리고 무대 위의 배우처럼 소리쳤다.

"모든 지배계급이 공산주의 혁명에 떨게 하라, 무산대중은 쇠사슬 외에는 잃어버릴 것이 없다. 그들은 새로이 얻을 수 있는 세상이 있다."

그다음 더 큰 소리로 "Working men of all countries, Unite!"라고 영어로 외쳤다. "전 세계의 노동자들이여, 단결하라!"는 「공산당 선언」의 마지막 문장이었다. 그다음 그녀는 몸을 비틀거리며 자리에 털썩 주저앉았다.

그때서야 나는 그 자리의 분위기를 어느 정도 파악할

수 있었다. 두 남녀는 그녀의 애인인 김혁수와 연관되어 있는 운동권 사람들이고, 김혁수를 돕기 위해 그녀가 김혁수 곁으로 가기를 설득했던 것 같았다. 그녀의 기분 상태로 보아 두 사람에게 꽤 깊은 저항감을 품고 있는 듯한데, 그 이유는 아마도 김혁수의 희생이 그들 때문이라고 믿는 것 같아 보였다.

그런 무거운 분위기 속에서 두 사람은 끊임없이 그녀를 위로하고 설득하는 것 같았고, 그녀는 계속해 술을 마시면서 그들에게 빈정거렸다. 그러다 어느 시점에서 그녀는 탁자 위에 엎어지듯 상체를 내맡기고 흐느끼기 시작하는 듯하더니 잠을 자듯 곧 조용해졌다.

나는 자리에서 일어나 그녀의 친구들과 함께 그녀를 일으켜 세웠다. 그녀는 다시 자리에 털썩 주저앉으며 상체를 탁자에 떠맡기듯 앞으로 엎어졌다. 어쩔 줄 몰라하는 나에게 여자가 말했다.

"혜진 씨를 집까지 좀 데려다주세요."

여자는 쪽지에 그녀의 아파트 주소를 적어 나에게 내밀었다. 그녀의 아파트 위치를 내가 이미 알고 있다는 사실을 알 리 없었다. 그들은 급한 선약이라도 있는 듯 곧 자리에서 일어나 나갈 준비를 했다.

탁자에 엎어져 인사불성이 된 그녀를 힘들게 일으켜

세우자, 남자가 거들어주어 그곳을 나왔다. 나는 택시를 불러 그녀를 뒷좌석에 밀어넣고 나서야 그들을 돌아보았다.

"수고스럽지만 혜진 씨를 집까지만 데려다주세요. 저희들은 오늘 저녁에 꼭 참석해야 될 중요한 모임이 있거든요."

여자의 말이 믿어지지가 않아 나는 손목시계를 보았다. 12시 10분 전. 모임을 갖기에는 너무 늦은 시간이었다. 20세기 초반의 제정러시아의 수도인 페테르부르크라면 몰라도, 자본주의가 지배하고 있는 오늘날의 서울에 그들 같은 사람들이 살고 있다는 사실이 놀라웠다.

나는 그들과 인사하고 택시 뒷좌석에 올라탔다. 택시가 출발하자 내 옆에 곯아떨어져 있던 그녀의 몸이 차창 쪽으로 기울어졌다. 나는 그녀를 똑바로 앉히고 운전기사에게 그녀의 아파트 위치를 알려준 뒤 뒷좌석에 몸을 깊숙이 던지고 눈을 감았다. 과음 때문인지 나도 곧 잠에 빠져들어갔다.

택시가 한강대교를 건널 때쯤 해서 어떤 충격으로 눈을 번쩍 떴다. 내 무릎에 엎어져 있는 그녀의 신음 소리 때문이었다. 나는 그녀를 똑바로 앉히고 그녀의 얼굴을 유심히 바라보았다. 고통으로 찡그린 얼굴이 몹시 애처

롭게 느껴졌다.

　택시는 그녀의 아파트 단지로 막 들어섰다. 뚜렷한 이유가 없는 측은함이 나를 감쌌다. 그녀를 그곳 어디에 혼자 두고 와야 한다는 느낌이 들어서인지도 몰랐다.

　택시가 서자 나는 먼저 내려 반대쪽 문을 열고 정신없이 곯아떨어져 자고 있는 그녀를 일으켜 세워 아파트 입구로 들어섰다. 다행히 엘리베이터 안은 우리 둘뿐이었다. 나는 아파트 문 앞에 서서 그녀의 핸드백을 뒤져 열쇠를 꺼내 문을 열고 안으로 들어갔다.

　그리고 그녀를 침대에 뉘려고 침실로 들어섰다. 한쪽 팔로 내 목을 잡고 내 몸에 의지하고 있던 그녀를 침대에 뉘려는 순간, 그녀가 두 손으로 나의 목덜미를 잡았다. 우리 둘은 침대 위로 쓰러졌다. 그녀는 내 목을 잡은 채 반듯이 누워 두 눈을 감고 미소를 지었다. 꿈속에서 행복한 순간을 맞이한 듯 조금 전까지 괴로워하던 표정은 사라지고 얼굴엔 평온함이 감돌았다.

　나는 그녀가 깨어나지 않도록 살그머니 두 팔을 빼내면서 그녀의 얼굴을 유심히 보았다. 견디어내기 힘든 고뇌를 경험했거나 간직하고 있는 20대 후반의 여자로 보이지 않았다. 내가 이때까지 보아온 얼굴 중 가장 순진한 얼굴이었다.

내가 살그머니 일어나려 하자 그녀는 또다시 내 목덜미를 두 손으로 와락 껴안았다. 눈을 감은 채 마치 꿈속에서 일어나고 있는 일을 현실에서 재현이라도 하듯 여전히 미소를 머금은 채 나를 껴안고 침대 위를 빙그르르한 바퀴 돌았다. 그런 후 내 몸 위에 엎어져 고른 숨소리를 냈다. 나는 잠시 그대로 있을 수밖에 없었다. 그녀의 잠이 깊어지면 빠져나올 심산이었다.

그렇게 누워 있으려니, 이때까지 경험해보지 못했던 전혀 다른 외로움이 엄습해오는 것 같았다. 뭐라고 할까? 떨쳐버리고 싶은 외로움이 아니라 그 속에 오래도록 머무르고 싶은 외로움 같은 것? 그런 외로움 속에서라면 나는 세상 사람들이 원하는 그 어떤 것도 바라지 않을 것 같았다. 그냥 그대로 있고만 싶었다. 바로 그때 나는 사랑할 수 있는 자격을 얻고 있었는지 모른다.

그녀의 숨소리가 깊어지자 나는 그녀의 몸을 옆으로 살그머니 밀쳐놓으면서 조금씩 조금씩 빠져나왔다. 침대 옆모서리까지 와 발을 밑으로 내리며 상체를 일으켜 세웠다. 완벽한 정적 속에서 그녀의 고른 숨소리만이 점점 더 크게 들려왔다. 나는 문을 향해 한 발을 옮겼다. 그 순간 그녀의 숨소리가 뚝 끊겼다.

내가 뒤돌아본 것과 그녀가 침대 위에서 상체를 일으

킨 것은 거의 동시였다. 그녀는 눈을 뜨고 어둠 속에서 정신을 가다듬는 듯 어떤 슬픔이나 기쁨도 담지 않은 표정으로 앞 벽면을 멍하니 보고 있었다. 그녀는 오른쪽으로 고개를 돌렸다. 나의 시선과 마주친 순간, 창문을 비집고 들어온 달빛은 흠칫 놀라는 그녀의 표정을 놓치지 않았다. 그리고 그 차가운 달빛은 고뇌에 찬 표정으로 변한 그녀의 얼굴을 생생하게 드러내주었다. 아, 세상에 저렇게 가련한 여자가 또 있을까!

"어떻게 된 거예요?"

그녀가 고개를 숙이며 입을 열었다.

"혜진 씨가 많이 취해서 내가 집으로 모시고 왔어요."

"친구들은요?"

"헤어졌어요. 무슨 중요한 모임이 있다고 해서……. 나더러 혜진 씨를 집까지 데려다주라고 해서 여기 온 겁니다."

그녀는 침대 위에서 얼른 자세를 고쳐 무릎을 꿇어앉은 다음 얼굴을 덮고 있는 긴 머리카락을 쓸어올렸다. 나는 그녀를 의식하지 않고 문 쪽으로 서너 발자국 옮겨놓았다.

"가시게요?"

문손잡이를 잡던 손을 내려놓으며 나는 그녀를 돌아

보았다. 그녀의 고개 숙인 모습이 너무나 측은하게 보여 나도 모르게 그녀에게로 다가섰다. 허리를 구부려 그녀의 흐트러진 머리에 입술을 대었다. 부드러운 머리카락이 무척이나 따뜻했다. 입술을 뗀 순간 그녀가 벌떡 일어나 나에게 안기며 나의 목덜미를 두 팔로 꽉 껴안고 애원하듯 말했다.

"가지 마세요. 가지 마세요……. 오늘은 저하고 함께 있어주세요!"

나는 어쩔 줄 몰라 그녀를 안은 채 잠시 그대로 서 있었다. 그녀의 격한 감정이 진정되기를 기다릴 작정이었다.

그녀가 나직이 흐느끼는 소리가 들려왔다. 그때서야 나는 그녀를 쉽게 떼어놓을 수 없다는 것을 깨달았다. 그녀를 침대에 똑바로 뉘고 나도 따라 옆에 누웠다. 멍한 상태로 천장을 응시하면서 그때 나는 태어나서 처음으로 완전한 고독과 행복감을 동시에 느꼈다. 가슴이 텅 비어지는 듯한 공허함 속의 고독감과 짜릿한 행복의 단맛이 뒤범벅이 된 느낌이었다.

나는 누운 채 고개를 돌려 그녀를 보았다. 그녀는 눈에 고인 눈물이 두 뺨을 타고 내려오는데도 나를 보며 미소를 지었다. 마치 언제 울었냐는 듯 해맑은 미소였다. 나는 그녀의 이마에 입술을 대었다. 그녀의 이마에 닿은 내 입술이 떨어지는 순간, 그녀는 내 목을 껴안았다. 그리고 내 위로 올라가 미친 듯이 내 입술을 빨았다.

처음에는 혼란스러웠다. 어지러움으로 가득 찬 머리가 입술의 감각을 허용하지 않았다. 그러나 그것도 잠시뿐, 그녀의 입술이 내 입속에서 끊임없이 거친 탐험을 하는 사이, 내 입술은 다시 감각을 찾기 시작했다. 세상에 태어나면서부터 단단한 껍질로 싸여 있던 어떤 욕망이 처음으로 벗겨지는 느낌이었다. 그리고 껍질이 벗겨진 욕망은 영원히 다시 껍질 속으로 들어갈 수 없는 것처럼 내 몸속으로 퍼져나갔다. 나는 그녀의 입술을 힘껏 빨았다. 잠시 후 그녀의 입술은 내 목덜미로, 그리고 내 가슴으로 옮겨졌다. 그다음 순간, 내가 그녀의 몸속으로 들어가는 것은 세상의 어떤 힘도 막을 수 없는 성질의 것이었다. 그다음에 어떤 징벌이, 어떤 잔인한 형벌이 기다리고 있다 하더라도 전혀 상관할 바가 아니었다.

내가 탄 택시는 텅 빈 새벽 거리를 지나 올림픽대로로 들어섰다. 그때까지 뭐가 뭔지 종잡을 수 없는 혼란스러운 기분이었다. 방금 전에 그녀의 아파트에서 있었던 일이 실제로 일어난 일이라고 믿어지지 않았다.

올림픽대로 양쪽으로 서 있는 높은 가로등의 희미한 불빛을 받으며 텅 빈 대로가 외로움에 지쳐 있는 듯이 보였다. 그러나 그 외로움도 나에게는 안식처처럼 느껴졌다. 방금 전에 그녀의 아파트에서 있었던 나와 그녀의 사랑행위가, 특히나 생전 처음으로 경험한 한 여자의 놀라운 격정이 나를 그렇게 만들었다.

텅 빈 대로, 그리고 그 위를 달리며 내는 자동차 타이어의 마찰음, 가로등이 비춰주는 희미한 불빛, 대로 옆으로 유유히 흐르는 한강……. 바로 그 순간만큼은 아무것도 바랄 것이 없었다. 다만 그냥 이렇게 한없이 달렸으면 하는 마음뿐이었다.

사랑을 그리는 날들

혜진의 아파트에서 하룻밤을 보낸 후 일주일 동안 나는 아무것도 할 수 없었다. 매일 아침 집필실로 사용하는 오피스텔에 나가 원고지를 마주하고 있었지만, 원고지를 메우기는커녕 작가노트 파일에 끼워넣을 만한 어떤 간단한 에피소드도 떠오르지 않았다. 반면 내 머릿속에는 혜진과 그날 있었던 일이 문득 문득 떠올랐지만 그렇다고 어떤 조바심에 시달린 것도, 어떤 희열에 들떠 있는 것도 아니었다. 오히려 내가 과거에 한번도 경험해보지 못했던 느긋함과 여유, 한적한 외딴 농가의 마루에 앉아 평화스러운 들판을 바라보는 듯한 그런 기분의 연속이었다.

나는 이런 느낌이 혹시 사랑에 빠진 사람들이 경험하는 '정지된 시간'일지도 모른다며 자문도 해보았으나 얼른 고개를 저었다. 내 나이도 나이려니와 숱한 사랑의 형식을 소설의 소재로 다루었던 나로서는 하룻밤 인연으로 사랑에 빠진다는 천진난만한 생각을 곧이곧대로 받아들일 수 없었다. 그러나 분명 나에게 변화는 있었다.

그때 나는 자신감에 차 있었다. 그리고 그 자신감은 놀랍게도 나에게 관대함을 가져다주었다. 그런 관대함은 과거에는 짜증스럽게 느껴지던 일조차도, 이제는 느긋한 마음을 유지할 수 있게 해주었다.

어쩌다 차를 두고 나온 날 승객들로 꽉 들어찬 전철 안에서 나는 어머니 등에 업혀 울음을 터뜨리는 아기에게 미소를 지어주었고, 길이 막혀 차가 움직이지 않을 때 음악을 들을 여유를 가졌다. 그리고 문단 한쪽에서 문학청년 스타일의 가벼운 소설이 절세의 명작이라고 극찬을 받을 경우에도 미소 지으며 그대로 지나쳤다. 또 자전적인 성격의 소설이라기보다 신변잡기에 더 가까운, 사상이나 빈곤과 연관된 개인사가 제대로 된 플롯 없이 평면적으로 서술된 글이 '기념비적인 작품'이라고 평가받아도 나는 괘념치 않았다. 또한 내가 쓴 글이 마음에 들지 않을 때도 별로 신경을 쓰지 않았다. 무엇이 나를 그렇게 만들었는지 정확히 알 수는 없었다.

며칠 동안 곰곰이 생각해보고 내린 결론은, 새롭게 향유하고 있는 여유와 자신감, 그리고 거기에 따르는 관대함은 결국 정복에서 온다는 것이었다. 나는 그것이 정복자들의 공통된 심리상태가 아닌가 하고 자문해보았다. 알렉산드로스, 카이사르, 칭기즈칸, 나폴레옹…… 그들 모두는 여유와 자신감을 가지고 정복의 길을 달려가 마침내 정복에 성공했고, 정복지 사람들에게 관대함을 베풀어줌으로써 더 많은 군사들이 따르게 되고…… 하는 식의 논리 말이다. 혜진이라는 여자가 나의 정복의 대상이 되었다는 것이 쉽게 이해되지 않았지만, 돌이켜 생각해보면 마이크의 과장된 찬사가 혜진을 정복의 대상으로 삼는 데 영향을 끼쳤을 수도 있었다.

그러나 얼마 지나지 않아 내 마음은 정상을 되찾았다. 아니, 말을 바꿔야 할 것 같다. 정상을 찾았다기보다 혜진과 보낸 하룻밤 이전의 내 심리의 패턴이었던 짜증스러움, 분노, 불안감을 어느 정도는 되찾았다고 해야 할 것 같다. 혜진의 아파트를 나온 지 열흘 정도 지나고부터, 나는 내 이전의 생활로 다시 돌아갔다.

그사이, 그러니까 구름 위로 걷는 듯한 몽롱한 상태에서 보낸 일주일과 그 후 현실적으로 생각하기 시작한 사

흘 동안 딱 한 차례 혜진의 아파트로 전화를 걸었다. 혜
진의 아파트를 나온 지 정확하게 사흘 후였다.

왜 전화를 하는 데 사흘이나 기다렸냐고 누군가 묻는
다면 나는 정확한 답을 줄 수 없다. 구태여 이유를 찾는
다면 방금 이야기한 대로, 일단 정복했으니 서두르지 말
고 느긋한 마음을 갖자는 정복자의 심리상태였다고나
할까.

"혜진 씨, 저 이정훈입니다."

혜진이 전화를 받자 내가 나직이 말했다.

"……."

아무런 대답이 없었다.

"별일 없으시죠? 저번에……저번에……."

나는 어떻게 말을 꺼내야 할지 몰라 머뭇거렸다.

"아니, 괜찮아요."

그녀 특유의 사무적인 목소리가 들려왔다.

"원고 마감 때문에 정신이 없었어요."

물론 그 말은 거짓말이었다.

"괜찮아요."

잠깐이었지만 우리 둘 사이에 어색한 침묵이 흘렀다.

"그럼 다음에 다시 전화드릴게요."

"네."

나는 혜진이 전화를 먼저 끊는 것을 확인하고 수화기를 놓았다. 그때 나는 그녀가 좀 더 상냥한 태도를 보일 것을 기대했었다. 하룻밤 같이 지낸 것에 큰 의미를 부여하지는 않았지만, 혜진의 태도는 너무나 냉랭했다. 공연히 부아가 치밀어 올랐다. 문득 내가 느꼈던, 나 나름대로 결론을 내렸던 정복자로서의 느긋함이 쓸데없는 혼자만의 자만심일지도 모른다는 생각이 들었다. 나는 다시 전화기 버튼을 눌렀다. 혜진의 목소리가 들려왔다.

"혜진 씨, 아파트 주소로 내 책을 보내드릴게요."

잠시 침묵이 흘렀다.

"괜찮아요. 제가 사볼게요."

어감으로 보아 정중한 거절로 들렸다. 내가 잠자코 있자 그녀가 다시 말했다.

"곧 이사를 갈 것 같아서요."

"그럼 내 전화번호를 알려드릴 테니 이사 간 후 전화를 주세요."

그녀가 전화번호를 메모하든 안 하든 상관치 않고 나는 내 전화번호를 불러주고 전화를 끊었다. 혜진의 목소리로 판단컨대, 곧 이사한다는 말은 핑계인 것 같았고, 혹 이사한다 하더라도 결코 나에게 전화할 것 같지 않았다. 나는 그녀에게 서둘러 책을 부쳐줄 작정이었다.

나는 가장 최근에 출간된 장편소설을 보내려고 사인까지 했다가 마음을 바꾸었다. 그녀가 장편을 읽으면 나를 싸구려 대중작가로 취급할지도 모른다는 생각이 들어 7년 전에 출간된, 마이크 무어가 영역 중인 나의 대표 작품집이라 할 수 있는 단편집 한 권을 찾아내어 보냈다. 나는 책 안에 사인을 하기 전 어떤 말을 써넣을까 망설이다가, 영어로 'With my deepest love'라고 썼다. 특별한 의미가 있어서가 아니라 남녀 간에 책을 주고받을 때 부담 없이 쓰는 말이라고 생각했다.

그럭저럭 3주가 그냥 흘러갔다. 그렇지만 지루한 생활만은 아니었다. 동료 문인들의 모임에 참석하기도 했고, 월간지와의 인터뷰에 응하기도 했으며, 책 판매를 위해 출판사에서 마련한 저자와의 대화 모임에도 참석했다. 나는 어느 장소에서나 회심의 작품을 준비하고 있다는 거짓 암시를 주거나, 또 거짓말을 직접 하기도 했다. 그러나 그런 생활은 공연히 시간에 쫓기게만 할 뿐 글쓰기에는 도움이 되지 않았다.

나는 점차 나의 생활에 환멸을 느끼기 시작했다. 동료 문인들의 모임에 참석해보면 매번 만나는 똑같은 얼굴인데다 대화 내용마저도 비슷했다. 특히 좋은 창작자가 아니라 그저 웬만한 독자가 될 소질밖에 갖추지 못한 자들이 외국작가의 이름을 들먹이며 말도 안 되는 논리를 장광설로 늘어놓는 것은 딱 질색이었다. 그런가 하면, 훌륭한 소설가라기보다 증오감에 불타는 투사에 더 어울리는 부류가 현사회를 질타할 때는 얼치기 정치꾼의 엉터리 연설을 듣는 것 같아 술맛이 딱 떨어졌다. 그리고 문학인의 특권인 양 덮어놓고 마시고 놀고 보자는 또 다른 부류도 실망스럽기는 마찬가지였다.

그런 생활이 계속되는 동안 시간이 흐를수록 나를 더 끈질기게 잡고 늘어지는 것은 혜진이라는 여자였다. 어떤 때, 무슨 이유 때문에 그녀의 생각이 나를 사로잡는지 명확히 설명할 수는 없었지만, 한 가지 분명한 것은 그것이 내가 태어나서 처음으로 경험하는 감정이라는 것이었다. 나는 그런 감정이 성가시게 느껴졌다. 아니, 성가시다기보다 두렵다는 말이 더 옳은 표현일지도 모르겠다. 그녀를 잊기 위해서는 일에 몰두하는 수밖에 다른 도리가 없을 것 같았다.

나는 이 기회에 7년 동안 쓰지 않았던 단편을 쓰기로 결심했다. 그냥 단순한 단편이 아니라 세상 사람들에게 깊은 감동을 전해줄 단편을 쓰기로 단단히 마음먹었다. 그런데 내 마음속으로는 그녀가 세상 사람 모두를 대변해주고 있었는지도 몰랐다.

* * *

　다음날 나는 간단한 짐을 꾸려 제주도 감귤농장에 있
는 농가로 내려갔다. 그곳에서는 우선 신문과 텔레비전
이라는 문명의 이기로부터 해방될 수 있었다. 그리고 그
곳은 나에게 자연의 아름다움과 위대함을 접할 수 있는
기회를 제공해주었다.

　모든 문명의 이기란 한 가지 묘한 특성을 가지고 있음
을 과거의 경험이 증명해주었다. 그 특성이란 옆에 있으
면 그것 없이는 못 살 것 같지만, 막상 없어도 생활에 아
무런 지장을 주지 않는다는 사실이다. 그리고 나 자신이
아무런 영향을 미칠 수 없으면서도 세상 돌아가는 모든
일에 공연히 흥분하거나 사태가 어떻게 전개될지 뻔히
알면서도 그 과정에 괜한 호기심을 갖는 것은 명백한 시
간 낭비였다. 신문과 텔레비전은 나의 무력함을 증명해
줄 뿐이었다. 한마디로 인간에게 차분하게 생각할 수 있
는 여유는 주지 않으면서 쓸데없이 흥분시키고, 화나게
하고, 무력함을 느끼게 하는 것이 문명의 이기가 주는
폐해인 것이다.

　현대문명을 대체할 것이 있다면 그것은 자연뿐이라는
것이 나의 믿음이다. 자연만이 예측을 허용함으로써 사

람을 불안케 하지 않고, 자연만이 변화를 끊임없이 보여 줌으로써 사람을 지루하지 않게 하고, 자연만이 거대한 힘을 보여줌으로써 인간에게 겸손을 잃지 않게 하기 때문이다.

내가 원하는 문명으로부터의 해방과 자연을 찾았음에도 불구하고, 글쓰는 데는 한 발자국의 진전도 없었다. 이곳에 온 지 벌써 이틀이나 지났는데도, 그동안 몇 장 끄적거린 것도 오늘 낮에 찢어버렸으니, 결국 한 장도 건지지 못한 셈이었다. 답답하고 우울한 감정만 계속될 뿐, 그나마 기분이 괜찮을 때라곤 얼근히 취해 있을 때뿐이었다. 내가 생각해도 한심하기 짝이 없었다. 그래도 10여 년 동안 창작생활을 한 내가, 그래도 대중의 인기를 한몸에 받고 있는 내가, 적당히 써내기만 해도 베스트셀러 목록에 오를 수 있는 내가…… 단편 한 편도 제대로 쓸 수 없다는 생각이 들자, 게다가 쓰기는커녕 꼬박 이틀 동안 시작도 못했다는 생각이 들자 스스로에게 화가 치밀어 올랐다.

이튿날 저녁 늦게까지 나는 인사불성이 될 정도로 위스키를 마시고 또 마셨다. 새벽 3시쯤 되어서 무슨 이유 때문인지는 모르나 결코 예전처럼 좋은 단편을 쓸 수 없을 것이라는 결론을 내렸고, 그렇다면 내가 할 수 있는 일은 지금 방식대로 대중의 인기를 끄는 소설을 적당히 쓰면서 지내야 한다는 것이었다. 곰곰이 따져보면 소수의 전문 독자에게만 읽히는 단편을 죽도록 힘들여 쓰는 작가들에 비하면 내가 훨씬 좋은 위치에 있다고 자위를 할 수도 있었다. 또 그렇게 결론을 내리자 마음이 편안해졌다. 그러나 곧이어 그 편안함은 절망으로 다가왔다. 삶 자체가 아무런 의미가 없어져버렸다. 결론을 내릴 때까지는 막연하나마 한 가닥 희망이라도 남아 있을 것 같았는데, 결론을 내린 후 내가 느낀 것은 참담함뿐이었다.

나는 자리에 누워 잠을 청했다. 그러나 꽤 취한 상태였는데도 잠은 오지 않고 오히려 정신이 점점 더 맑아왔다. 나는 자리에서 벌떡 일어나 예전에 쓴 단편들, 특히 평론가들로부터 좋은 반응을 얻었던, 나의 대표작이라 불리는 단편을 꺼내 읽기 시작했다. 몇 페이지를 넘기지 않아 나는 깨달았다. 나 자신이 소설의 작중인물로 완전하게 동화되어 그들의 눈으로 보고, 그들의 가슴으로 느껴야 한다는 원리가 그런대로 잘 지켜져 있음을 알아챘다. 그 후 대중소설을 쓰면서 생긴 나쁜 버릇, 즉 작중인물의 시각이 아닌 대중의 기호에 맞추는 버릇이 아직은 배어 있지 않았다. 나는 자신이 생겼다. 내일부터 다시 쓰기로 작정하고 잠을 청했다.

　다음날 아침 나는 새로운 각오로 책상 앞에 앉았다. 그러나 마찬가지였다. 도대체 작중인물의 가슴속으로 들어갈 수조차 없었다. 원고지에 늘어놓은 것은 말장난에 불과했다. 대화는 서술보다 성격 묘사와 스토리 전개에 더 경제적이고 능률적이어야 하는데 지루한 요설에 불과했고, 작중인물인 화자의 느낌을 서술하는 것이 아니라 희미한 기억 속에서 끄집어낸 다른 사람의 느낌이 내 펜 끝을 통해서 흘러나오는 것 같았다. 혹은 일제강점기 시대 소설에서나 쓰였을 법한 죽은 표현들이 나도 모르게 튀어나왔다. 나는 그것이 속임수라는 것을 알았고, 그것이 일반 독자들을 속일 수 있을지는 모르나 나 자신을 속일 수는 없다는 것도 깨달았다.

　나는 또다시 절망에 빠져 포기할 수밖에 없었다. 어두운 주방으로 가 위스키를 찾아 들고 방으로 들어왔다. 연거푸 서너 잔을 따라 마셨다. 며칠 동안 제대로 음식을 찾아 먹지 않아서인지 취기가 곧 올라왔다.

　막상 포기하니 아쉬움이 슬그머니 고개를 들었다. 애초에 단편을 쓰겠다는 각오가 혜진 때문이었다는 사실이 떠오르자 어떤 비애감마저 찾아왔다. 앞으로 좋은 단편을 쓰지 못하는 한 혜진의 마음에서 대중작가라는 인상을 지울 수 없다는 자격지심 때문이었을 것이다. 나를 어떻게 생각하는지 알 방법도 없고 또한 내가 왜 혜진에게 그렇게 신경을 써야 하는지 이유도 몰랐지만, 여하튼 그것이 나의 솔직한 심정이었다. 나는 문득 혜진은 어떤 심정일까 궁금해졌다. 취기가 용기를 주었는지 모르지만 나는 전화기를 끌어당겨 혜진의 전화번호를 눌렀다.

발신음이 세 번째 울렸을 때는, 그녀가 아파트에 없었으면 하고 바라는 마음이었다. 그런데 그다음 네 번째 발신음이 끝나기 전 '여보세요' 하는 혜진의 목소리가 들려왔다.

"혜진 씨, 저 이정훈입니다. 제주도에서 전화하는 겁니다."

"제주도는 어떻게요?"

지난번 전화 받을 때와는 달리 반가운 목소리였다.

"단편 청탁을 받아서 지금 쓰고 있는 중이죠."

"잘되어가고 있어요?"

여전히 혜진의 목소리는 쾌활했다.

"그런대로요."

"지난번 보내주신 단편집은 잘 읽었어요. 고맙다는 말씀을 드리려고 집필실로 전화드렸더니 안 계시더군요."

그때서야 혜진의 반가운 목소리가 내가 보내준 단편집 때문일지도 모른다는 생각이 퍼뜩 떠올랐다.

"오래전에 쓴 것들이라……. 출간된 지 벌써 7년이나 지난 거죠."

"그 이후로 출간한 단편집은 없나요? 동네 서점에 가서 찾아보았더니 없더군요."

놀라운 일이었다. 그녀가 내 단편집을 사러 서점에 갔었다니!

"사실 혜진 씨에게 보낸 단편집이 출간된 이후 한 편의 단편도 쓰지 못했어요."

"왜요? 단편집이 아주 재미있던데요. 하루 만에 독파했어요. 특히나 어머니 모습을 그린 단편은 대단히 감동적이더군요. 경주에 혼자 사시는 어머니 생각이 나서 한참 동안 울었어요."

나는 하늘을 나는 기분이었다.

"특별한 이유가 있어서가 아니고 신문 연재소설에 쫓기다 보니 그렇게 된 거죠. 이번 단편이 7년 만에 쓰는 겁니다."

"탈고하셨어요?"

"거의……. 이번 단편은 혜진 씨를 위해 쓰고 있으니 탈고하면 제일 먼저 보여드릴게요."

나도 모르게 불쑥 튀어나온 거짓말이었다. 아마 처음으로 나를 반기는 혜진의 목소리를 듣게 되어 엉겁결에 튀어나온 것 같았다.

"꼭 기다릴게요. 곧 연락주세요."

"네, 다시 전화드리겠습니다. 그럼 안녕히 계세요."

"지난번에 보내주신 단편집은 잘 간직할게요. 정훈 씨가 저를 잊어버린 줄 알았어요."

전화를 끊은 뒤 나는 멍한 기분에 빠졌다.

나는 자리에서 일어나 농가를 나왔다. 눈앞에 있는 범섬이 유유한 자태로 잔잔한 바다를 내려다보고 있었다. 나는 그녀와의 통화에서 내가 느낀, 전에 보지 못한 혜진의 발랄한 모습을 머릿속에 그리면서, 정말로 오래간만에 상쾌한 기분으로 선착장 쪽으로 발길을 옮기면서 길 양옆으로 이어져 있는 돌담을 바라보았다. 전에 보지 못한 아름다움이 느껴졌다. 뭐랄까? 아름다운 사랑이 돌 하나하나에 배어 있다고나 할까? 아무튼 마음 놓고 소리 내어 웃고 싶은 심정이었다.

나는 선착장에 도착해 어선들이 모여 있는 곳으로 갔다. 새벽에 바다로 나갔던 배가 귀항하여 하루의 어획물을 정리하느라 어부들은 부산히 움직였다. 햇볕에 그을리고 바닷바람이 수도 없이 할퀴고 갔을 어부들의 거친 얼굴을 넋을 잃은 듯 쳐다보았다. 활력에 차 있는 그들의 모습은 강한 생명력으로 빛났다.

그때 뒤에서 왁자지껄한 소리가 들려와 돌아다보았다. 대학생으로 보이는 대여섯 명의 남자들이었다. 그들은 산소 탱크와 스쿠버 다이빙 장비를 소형 트럭에서 내려 그곳에 정박한 한 어선에 싣기 시작했다. 그 어선 앞으로 걸어가자 그들의 대화가 들렸다.

"산소 탱크는 몇 개나 가지고 왔냐?"

한 남자가 말했다.

"12개. 모두 6명이니까 두 탕씩 뛸 수 있어."

다른 남자가 말했다. 나는 호기심이 생겨 말을 건넸다.

"산소 탱크 하나에 몇 분이나 잠수할 수 있나요?"

"30분 정도요."

"하루에 보통 몇 번이나 잠수해요?"

"두 탕이면 충분해요. 더 이상은 힘들어서 못해요."

"그럼 몇 미터나 깊이 들어갈 수 있어요?"

"범섬 앞에서는 15미터만 잠수해도 경관이 기가 막혀요."

나는 고개를 들어 바로 눈앞에 보이는 범섬을 보았다.

"그곳이 잠수하기가 좋은가요?"

내가 다시 물었다.

"외국 잠수 전문지에 의하면 세계 최고 잠수지역인 홍해에 버금간다고 해요."

"어떤 점에서요?"

"가시거리, 어종, 해초의 종류, 경관 등에서지요."

"그래요?"

놀라운 사실이었다. 곧이어 한 남자가 수중 카메라로 보이는 것을 들고 나타나 배 위로 올라갔다.

"야, 카메라맨, 너 임마 이번에는 경관만 찍지 말고 나도 좀 찍으란 말이야."

내 옆에 있던 남자가 말했다. 그 순간 마이크와 '애수'에 처음 갔을 때, 출입문에 들어서자마자 내 시선을 끌었던 해저 사진이 떠올랐다. 그 사진이 한국인지 외국인지, 또 누가 찍은 건지는 몰라도 그녀가 해저 경관을 무척 좋아한다는 생각이 들었다.

"저, 한 가지 물어봐도 돼요?"

나는 수중 카메라를 멘 카메라맨에게 말을 걸었다.

"이곳 범섬 앞바다 수중 사진은 어디 가면 살 수 있을까요?"

"왜, 꼭 필요하십니까?"

"네, 내 여자친구가 해저 사진을 좋아해서요."

엉겁결에 그렇게 말이 튀어나와 나는 속으로 피식 웃었다.

"아, 그래요. 제가 한 장 보내드릴게요. 주소와 이름을 적어주세요. 나중에 여자친구 분께서 마음에 들어하시면 술 한잔 사시고요."

그는 미소를 지으며 말했다. 나는 고맙다고 인사하고 메모지를 꺼내 이름과 주소를 적어 그에게 건네주었다. 그는 내가 적은 메모를 훑어보았다.

"이정훈 씨…… 혹시 소설 쓰시는 분 아니세요? 맞아요. 낯이 익다고 생각했더니 텔레비전에서 본 기억이 나요."

카메라맨이 그렇게 말하곤 다시 덧붙였다.

"중학교 때 수영선수였다면서요? 작가 인터뷰 내용 중에 있었던 것 같아요."

나는 고개를 끄덕였다.

"혹시 스노클 해보셨어요?"

나는 다시 고개를 끄덕였다.

"그럼, 배에 올라타세요. 제가 10미터 정도 밑에서 사진을 찍을 테니 위에서 스노클하면서 바다 밑에 맘에 드는 경관이 있으면 손으로 신호를 보내세요. 그럼 그걸 찍어드릴게요."

나는 잠시 머뭇거렸다.

"올라타세요. 여분이 있으니까 스노클과 물안경, 수영복은 빌려드릴게요."

카메라맨이 나에게 손을 내밀었다. 나는 엉겁결에 그의 손을 잡고 배에 올라탔다.

우리가 탄 어선은 범섬으로 향했다. 내가 예상했던 대로 대학생인 그들은 각각 다른 대학에 다니고 있지만 같은 고등학교 출신으로 스쿠버 다이빙 여행을 왔다고 했다. 그들 중 카메라맨이라고 불리는, 나를 어선으로 끌어들인 임형신이라는 학생이 친구들에게 소설가 누구라고 나를 소개하면서 승선한 이유를 설명했다. 세 학생은 반가운 표정으로 나에게 인사를 건넸고, 또 한 학생은 시큰둥한 표정을 지었으며, 한 학생은 어쩐지 무시하는 듯한 눈빛을 보냈다.

나는 나 나름대로 그들 대학생들의 성향을 넘겨짚었다. 처음 세 학생은 분명히 소설은 말할 것도 없고 책과는 담을 쌓고 있는 부류로 보였고, 시큰둥한 표정을 짓는 한 학생은 소설에 대해 약간의 식견이 있는 듯했고, 나를 무시하는 듯한 학생은 아마 운동권일 것이다.

"스쿠버 다이빙은 위험하지 않나요?"

다이빙 장비를 점검하는 임형신에게 내가 물었다.

"그렇게 위험하지 않아요. 뭐 고속도로에서 차를 모는 정도죠. 몇 가지 주의사항만 잘 지키면 돼요."

"뭔데요?"

"첫째 장비를 철저히 정비해서 이상이 없어야지요."

"장비에 이상이 있으면 어떡하지요?"

"그러니까 두 사람이 한 팀이 되어서 잠수하는 겁니다. 두 번째 주의사항은 잠수 중에 절대로 급격히 부상하면 안 된다는 거예요. 신체 내의 압력을 적당히 조절하면서 천천히 올라와야지, 그렇지 않으면 다리를 못 쓰는 불구자가 될 수 있습니다. 혈관에 질소포가 생겨 그것이 혈류를 방해하면서 하지 마비 등 여러 증상이 나타날 수 있거든요."

"그런 일이 종종 일어나나요?"

"지난해 우리 친구 중의 하나도 당했어요. 미국 하와이에 가서 지금도 치료를 받고 있지요."

"증세가 어떤데요?"

"육지에서는 두 다리로 서지도 못해요. 바닷속에서만 두 다리를 쓸 수 있지요."

나는 범섬으로 향하는 어선 위에서 잠수를 배워보겠다는 생각을 버렸다. 비록 수영에는 자신이 있지만 잠수는 서른이 넘어 새롭게 배울 만큼 쉬운 취미생활은 아닌 것 같았다.

어선이 범섬 앞에 도착했다. 대학생들은 물갈퀴와 고무잠수복을 입은 후 산소 탱크를 메고 두 사람씩 짝을 지어 어선에서 뛰어내렸다. 그들은 스노클을 하면서 수면에 엎드려 유영을 해나갔다. 잠수 지점에 도착한 팀은 서로에게 손으로 신호를 보낸 후 산소 탱크에 부착된 호흡기를 입에 물고 물구나무를 서듯 머리부터 잠수하기 시작했다. 나는 카메라맨인 임형신이 준 수영복을 입고 물안경을 쓰고 스노클을 끼우고 물갈퀴를 신었다. 카메라를 가슴에 멘 임형신이 어선 난간에 앉았다가 등부터 떨어졌다. 나는 발부터 바다로 뛰어 들어갔다.

자유형 수영 자세로 스노클을 입에 물고 바다 밑을 주시하면서 7, 8미터 정도 아래에서 유영해가는 임형신에게서 시선을 떼지 않은 채 물갈퀴를 움직여 앞으로 나아갔다. 잠시 후 임형신이 수면을 올려다보며 어느 한 곳을 손으로 가리켰다. 나는 그곳을 쳐다보았다.

아열대어로 보이는 물고기 떼가 물결에 따라 서서히 흔들리는 해초 사이를 비집고 다니고 있었다. 아름다웠다. 나는 스노클을 통해 숨을 들이쉰 후 머리부터 잠수해 내려갔다. 적어도 2분 정도는 숨 안 쉬고 견딜 수 있을 것이었다. 순식간에 말로 표현할 수 없을 정도의 아름다운 장관이 내 눈앞에 확대되어 다가왔다.

순간 나는 귀에 참을 수 없을 정도의 통증을 느꼈다. 나는 두 손으로 귀를 막고 몸을 똑바로 한 후 수면으로 솟구쳤다. 그때 누군가가 내 발목을 잡았다. 나는 발을 빼내려고 발버둥을 쳐보았지만 쉽사리 벗어날 수 없었다. 몸이 서서히 수면으로 부상하면서 못 견딜 것 같은 귀의 통증도 잦아들었다. 수면 위로 나와 참았던 호흡을 고르는 내 옆에 누군가가 솟구쳐 나왔다. 물안경을 벗었을 때에야 그가 임형신이라는 것을 알았다. 그가 소리쳤다.

"그렇게 급부상하면 어떡해요? 큰일 날 뻔했어요. 압력조절을 하지 않고 급부상하면 잠수병에 걸리기 쉬워요."

"갑자기 귀가 아파서……."

나는 가쁜 숨을 몰아쉬며 말했다.

"그건 압력조절을 하지 않아서 그래요. 5미터 들어가면서부터 압력을 조절해야 해요. 코를 막고 숨을 내뿜어 수압으로 위축된 고막을 다시 정상으로 되돌려놓아야 한단 말예요."

"미안해요. 잠수할 생각이 아니었는데 경치가 하도 아름다워서 그만……."

나는 미안한 표정을 지으며 말했다.

"위에서만 보세요. 신호만 주시면 제가 사진을 찍을 테니까요."

그는 이 말을 남기고 잠수해 들어갔다. 나는 임형신의 말에 따라 수면에서 스노클로 숨을 쉬면서 바다 밑을 유영하는 그를 따라갔다. 얼마쯤 가다가 그가 좋은 경관을 나에게 손으로 가리켰고, 경관이 마음에 들면 손가락으로 동그라미를 만들어 그에게 신호를 보냈다.

20분 가까이 잠수를 한 그가 수면으로 올라오자 우리는 어선이 정박해 있는 곳으로 헤엄쳐갔다. 어선에 올라 조금 있으려니 다른 대학생들도 1, 2분 사이로 수면으로 올라왔다. 그들은 작살에 꽂힌 다금바리 3마리와 10마리 정도의 잡어들, 그리고 해삼·멍게 등이 든 어망을 배 위에 풀어놓았다. 임형신이 어느새 칼을 들고 다금바리를 날렵하게 회쳐 도마 위에 올려놓기 시작했다. 어부가 양철식기에 담은 마늘과 된장, 초고추장을 내놓았다. 우리는 둥글게 둘러앉았다.

"다금바리회 좀 드셔보세요. 아마 이때까지 드신 생선회 중 최고일 거예요."

임형신이 다금바리회가 놓인 도마를 내 앞에 내밀며 말했다. 나는 회 한 점을 손가락으로 집어 초고추장에

듬뿍 찍어 입에 넣었다. 그런 나를 물끄러미 보고 있는 임형신에게 엄지손가락을 들어 보였다.

"작살로 잡은 생선의 회가 왜 맛있는 줄 아세요?"

임형신의 물음에 나는 고개를 저었다.

"생선회의 맛은 회에 피가 배어나지 않았을 때가 최고예요. 다금바리가 심해에서 작살을 맞았을 때는 육지에서와 달리 한순간에 피가 껍질 밖으로 빠져나가버리지요. 심해는 압력이 매우 높거든요."

임형신의 말을 듣고 나는 다금바리회 두 점을 한꺼번에 집어 초고추장에 찍어 먹었다. 임형신의 말이 맞았다. 이때까지 먹어본 어떤 회보다도 쫄깃쫄깃하고, 식감이 좋았다. 우리 모두는 소주잔을 들어 축배를 들었다.

소주잔이 몇 순배 돌아가면서 배 위의 분위기는 점차 무르익어갔다. 처음 나에게 무관심 내지 경멸의 눈초리를 보낸 것처럼 느껴졌던 대학생들도, 나와 마찬가지로 기분이 좋아졌는지 마음을 연 것 같았다. 다금바리회 안주에 술이 얼근히 취하자, 임형신은 내가 무턱대고 잠수했다가 숨이 차 수면으로 급부상하려고 했을 때 자기가 한 일을 손짓 발짓을 해가며 영웅담처럼 떠벌렸다. 그러는 사이 술잔은 계속 돌아갔다.

"선배님, 큰일날 뻔했습니다. 평생 다리가 흐물흐물해

져 오징어처럼 살 뻔했어요."

나에게 호감을 보냈던 한 학생이 나를 선배님이라 호
칭하며 말했다.

"육지에서는 다리가 흐물흐물하고, 바다 밑으로 내
려가면 성한 다리를 가졌을 때보다 더 성능이 좋아지
고……."

"정말로 그래요?"

나는 농담이 아닌가 의아해하며 물었다.

"정말이에요."

두 학생이 동시에 답했다.

"그런데 가운뎃다리는 어떻게 될까?"

나에게 경멸의 시선을 보냈던 것 같은 학생이 미소를
지으며 말했다.

"가운뎃다리도 아마 바다처럼 습기가 촉촉한 곳에서는
더 성능이 좋아지고, 육지처럼 메말라 있는 곳에선 쓸모
가 없지 않을까?"

다른 학생이 말하자 모두 껄껄대며 웃었다. 나도 따라
웃었다.

* * *

  늦은 오후 대학생들과 헤어져 농가로 돌아왔다. 배 위
에서 마신 술로 취해 있었다. 취기를 떨쳐버리려면 잠시
라도 자는 방법밖에 없었다. 나는 스르르 잠에 곯아떨어
졌다.

  그렇게 서너 시간이나 잤을까? 잠에서 깨어난 나는 단
단히 마음을 먹고 책상으로 가 원고지 앞에 앉았다. 나
는 이때까지의 생각을 모두 버리고 처음부터 새롭게 시
작하기로 마음을 다잡았다. 우선 소설의 구상을 될 수
있는 한 치밀하게 세울 작정이었다. 과거 신문 연재소설
을 쓸 때처럼 플롯을 적당히 설정해놓고 써나가다 보면
잘되겠지 하는 생각을 지워버렸다. 소설 창작의 첫째 조
건으로 치밀한 구상만이 주제를 살린다는 말은 틀림없이
경험에서 나온 말일 것이다. 그리고 또 한 가지 중요한
조건, 내가 선택한 주제를 소설로 형상화함에 있어서는
어느 누구보다 잘할 수 있다는 확신이 있어야 한다는 조
건을 지키기로 했다.

  나는 현실 문제를 하나하나 떠올리기 시작했다. 이산
가족 문제, 빈부 격차의 문제, 현대인의 고독 문제, 입시
문제, 소외계층의 문제, 사회 부조리의 문제……. 그러

나 이러한 주제를 다룬 소설들은 넘쳐흐를 정도로 많았다. 그리고 다른 작가들보다 잘 쓸 수 있다는 자신감도 없었다. 결국 소설로 다룰 마땅한 소재가 나에게 남아 있지 않다는 결론이 내려졌다. 나는 몹시 침울해졌다. 소재의 소진은 재충전할 기회를 갖지 않으면 창작생활의 종말을 의미하고, 창작생활의 종말은 다른 재주가 없는 나에게는 인생의 끝장을 의미했다.

'주범은 신문 연재소설'이라고 속으로 중얼거리며 과거 7년 동안 신문 연재소설에 얽매여 있었던 나 자신을 탓했다. 매일매일 6~7매의 원고지를 억지로 메우다 보니 시간에 쫓겨 좋은 소설의 소재가 될 수 있었던 것을 성급히 다루었다는 사실을 깨달았다. 그러고 보니 창작생활을 시작한 10여 년 전부터 지금까지 새로운 경험이나 느낌을 충전해놓은 적이 별로 없었다. 그동안 자신의 영혼을 괴롭히는 어떤 소재를, 털어놓지 않으면 괴로워서 못 견딜 정도의 어떤 좋은 소재를 쌓을 기회가 전혀 없었다. 그래도 문단의 인정을 받기 위해 노력한 적이 있었다면, 그것은 군대에 다녀온 뒤 본격적으로 창작생활을 시작한 첫 3년 동안이 고작이었을 것이다. 그 기간 동안 내가 얻은 문단의 인정은, 그러나 불행하게도 작품의 심도를 높이는 발판이 되지 못했다.

나는 얼른 원고지 앞에서 떠나고 싶었다. 의자에서 일어나 침대로 가 손을 깍지 낀 채로 머리 밑에 받치고 누웠다. 앞으로 결코 좋은 소설을 쓸 수 없을 것 같았다. 동시에 나의 창작 인생은 부끄러움과 파렴치함만 남기는 것으로 종결지어지리라는 것도 알았다.

'작가의 최대의 적은 침묵에 대한 공포'라고 한 어느 서양 작가의 말이 떠올랐다. 그것은 틀림없는 진실이었다. 한마디로 나는 적을 이기지 못했다. 7년 전 나는 단단히 마음을 먹고 침묵 속에서 경험과 느낌을 쌓는 데 총력을 집중했어야 했다. 내 나이 서른여섯 살, 앞으로 남은 인생을 생각해보니 지금처럼 살기엔 너무나 긴 세월 같았다. 문득 이상한 느낌이 들었다. 앞으로 긴 세월이 남아 있다면 지난 세월은 짧았다는 말이 아닌가! 새로운 출발을 하기에도 늦지 않다는 말이 아닌가!

나는 침대에서 벌떡 일어나 농가 밖으로 나왔다. 오후의 햇살을 받고 있는 잔잔한 바다가 눈길을 끌었다. 그곳에는 자연이 있고, 대기가 있고, 햇볕이 있었다. 그것 모두가 인간들이 마음 놓고 향유할 수 있도록 기다리고 있었다. 순간 나에게 찾아든 감정은 이러한 귀중한 모든 것을 이때까지 철저히 무시해왔다는 느낌이었다.

피카소를 보아라! 나는 속으로 소리쳤다. 여든이 넘은

나이에 한 소녀를 온몸 바쳐 사랑한 예술가의 정열……
자연 속에 파묻혀 자연을 벗삼아 숨을 거둘 때까지 왕성
한 창작활동을 한 예술가의 투혼……. 그 순간 나는 결심
했다. 그 모든 것을 향유하기로. 혜진이라는 여자와 같이
공유하기로. 그리고 함께하는 동안 침묵을 지키기로. 그
리고 침묵을 지키는 동안 혜진을 미치도록 사랑하기로.

　나는 방으로 다시 들어왔다. 글쓰기 때문에 일흔둘처
럼 늙어버린 노인을 향한 동정심 때문인지, 그리고 젊은
영혼을 불사르며 지은 몇 편의 단편소설 덕택인지 혜진
의 마음이 어느 정도 나에게 쏠린 것은 사실이지만, 그
녀의 마음을 좀 더 확실히 열 수 있는 방법이 있지 않을
까? 나는 머리를 짜내기 시작했다. 그녀만을 위해서 좋
은 단편을 쓴다면 몰라도 그 외는 별다른 방법이 떠오르
지 않았다. 그러나 좋은 단편을 쓴다는 것은 현재로서는
불가능했다. 문득 마이크가 떠올랐다. 혜진과 나를 묶어
준 마이크의 단편을 번안하여 혜진에게 보내기로 했다.
몇 달 전 서울에 온 마이크에게서 받은 단편이었다.

　창밖이 어둑어둑해졌을 때 나는 번안 작업을 끝냈다.
그리고 내용을 우리 현실에 맞게 수정해나갔다. 번안 작
업을 마무리하고 나서 원고의 첫머리에 'Dedicated to 혜
진'이라고 썼다. 나는 수화기를 들고 혜진의 전화번호를

눌렀다.

"혜진 씨, 뉴스가 있어요."

혜진이 전화를 받자마자 내가 말했다.

"무슨 뉴스예요?"

혜진의 쾌활한 목소리가 들려왔다.

"혜진 씨에게 주려고 서귀포 앞바다의 해저 사진을 찍었어요."

"어떻게 찍었어요?"

"나는 수영하면서 스노클을 하고, 어떤 대학생이 내가 택한 경관을 찍어주었어요."

"다이빙은 하지 않았어요?"

"할 줄 몰라요. 그 대학생들한테 내일부터 사흘 동안 하루에 1, 2시간씩 코치를 받을까 해요."

나는 그렇게 말하면서 대학생들이 닷새 동안 이곳에서 머문다는 것을 기억하고 오늘 저녁 그들을 만나 다이빙 교습을 부탁하기로 마음먹었다.

"혜진 씨는 스쿠버 다이빙을 할 줄 알아요?"

"못해요."

"서귀포 앞바다에 와본 적 있어요?"

"좋다는 말은 들었지만 못 가봤어요."

"스노클은 해보았어요?"

"네, 좋아해요."

"그러면 이곳에 와서 스노클을 한번 해보세요. 혜진 씨가 택하는 바다 밑 정경을 내가 스쿠버를 하면서 찍을게요."

"힘들 것 같은데……. 하지만 생각해볼게요."

"그리고 또 한 가지가 있어요. 내가 단편을 탈고했다는 거예요. 혜진 씨를 위해서만 썼으니까 내일 아침 빠른우편으로 보낼게요."

혜진은 놀랐는지 아무 말도 하지 않았다.

"그리고 마지막으로 제일 중요한 뉴스, 혜진 씨를 미치도록 사랑하기로 결심했어요."

나는 그 말을 남기고 전화를 끊었다. 충격을 받고 혼란스러워하고 있을 혜진의 모습이 머릿속에 훤히 그려졌다.

그 후 사흘 동안 나는 대학생들과 어울렸다. 낮에는 그들과 같이 잠수하기 좋은 여러 곳을 찾아 그곳에서 보냈고, 밤에는 선술집과 클럽 등에서 술을 마시며 지냈다. 그러는 사이 한순간이라도 혜진이 3, 4일 후 이곳에 내려올 것이라는 사실을 의심해본 적이 없었다. 믿는 구석이 있었다. 내가 보낸 단편이 바로 그것이었다. 어느 여자가 자신만을 위해 소설을 쓴 성의를 무시할 수 있겠는가!

그 사흘 사이 잠수 실력도 늘어, 마지막 날은 작살을 든 대학생의 조수 노릇을 할 정도로 발전했다. 그물망을 들고 그의 뒤를 따라 15분이나 잠수를 했다. 물론 학생시절 수영선수였다는 전력이 도움이 되었지만, 그것보단 그녀가 이곳에 왔을 때 스쿠버 정도는 할 수 있어야 한다는 생각이 더 큰 작용을 한 것 같았다.

대학생들과 어울리며, 다이빙을 배우려고 노력하던 그 짧은 사흘 동안, 나는 놀랍게 변한 나 자신을 발견했다. 햇볕이 그렇게 고마운 줄 미처 몰랐었다. 바다가 그토록 생기 있는 줄 깨닫지 못했었다. 자연이 그렇게 위대한 줄 상상조차 못했었다.

술에 취해 늦게 잠자리에 들었다가 느지막이 눈을 떴을 때, 바깥에는 햇살과 바다와 자연이 나를 기다리고 있었고, 내가 생각할 수 있는 여인이 있었다. 나는 미소를 머금으며 새로운 날을, 새로운 마음으로 새로운 기대를 갖고 맞이했다. 내게 더 이상 필요한 것이 있다면 그것은 사랑하는 여인을 옆에서 지켜보는 일, 바로 그것뿐이었다.

인생의 모닥불 앞에서

　다음날 해질 무렵 혜진이 나를 찾아왔다. 농가에 들어서는 그녀는 분홍색 원피스를 화사하게 차려입고 가죽 샌들을 신고 있었다. 샌들 사이로 빨간색 매니큐어를 칠한 양쪽 엄지발가락이 보였다. 전에 보지 못했던 검은색 테를 두른 안경을 쓰고 있었다. 나는 어색함을 느꼈다. 아직은 멀리 떨어져서 전화선을 통해 말을 주고받든지, 그저 생각하는 것이 더 편할 것 같았다.

　무슨 말을 어떻게 해야 할지 몰라, 나는 혜진의 안경을 손으로 가리켰다. 혜진이 아무 말 하지 않고 다가와 안경을 벗어 나에게 씌어주었다. 안경은 도수가 없었다. 그녀는 두 손으로 나의 얼굴을 감싸고 잠시 보더니 내

볼에다 입을 맞춘 다음 나에게서 떨어지면서 환한 미소를 지었다. 그것으로 충분했다. 순간적으로 우리는 아무런 말이 필요 없는 다정한 연인 사이가 되었다.

혜진이 들고 있는 가방을 농가 안에다 놓고 우리는 밖으로 나왔다. 손을 잡고 돌담 사잇길을 천천히 걸어 선착장으로 갔다. 그곳의 한 식당으로 들어가 한쪽 구석 탁자에 마주 보고 앉았다. 식당의 아주머니가 우리 쪽으로 다가왔다.

"다금바리회 돼요?"

내가 아주머니에게 물었다.

"주방에 알아보고 올게요."

아주머니가 주방 쪽으로 갔다가 되돌아왔다.

"다금바리 1킬로 반짜리가 있는데요."

"그럼, 회를 떠주시고요. 매운탕은 나중에 끓여주세요."

우리는 다금바리회를 먹고 나서 매운탕에 소주 반주를 곁들였다. 나는 그동안 있었던 대학생들과의 일을 장광설로 늘어놓았고, 혜진은 듣는 것으로 만족하는 듯했다. 우리는 서서히 취해갔다. 소주와 바닷바람과 서로를 사랑하는 마음으로.

"지난번에 왜 일찍 전화하지 않으셨어요?"

내가 혜진의 아파트를 나온 후 사흘 동안 전화하지 않은 것을 두고 한 말이었다.

"잘 모르겠어요. 그냥 무슨 말을 해야 할지 생각이 나지 않았어요."

혜진이 잠시 침묵을 지켰다.

"내가 전화를 걸지 않았을 때에는 무슨 생각을 했어요?"

내가 물었다.

"저를 하룻밤 여자로 생각하는 줄 알았어요."

"그래서 두 번째 전화를 했을 때도 냉랭했었군요."

"사실, 그때까지도 화가 나 있었어요."

"내 단편집을 받고는 화가 풀렸나요?"

"네, 그 책에 실려 있는 단편들을 읽고 기분이 좀 나아졌어요."

나는 혜진이 계속해서 말하기를 기다렸다.

"「어머니 생각」이라는 단편을 읽고는 나도 모르게 눈물을 흘렸어요. 혼자 되신 어머니 생각이 나서요. 2년 전에 아버지가 돌아가셨거든요."

잠시 침묵이 흘렀다. 그러나 어색하지 않은 흐뭇한 침묵이었다.

"털어놓을 비밀이 있어요. 저는…… 한때…… 어느 남

자와 사랑을 한 적이 있어요."

혜진이 시선을 아래로 떨군 채 말했다.

"알고 있어요. 김혁수란 사람이지요?"

"어떻게 아셨어요?"

혜진이 깜짝 놀라는 표정을 지으며 나를 보았다.

"혜진 씨와 두 번째 포장마차에 갔던 날 친구들과 그 사람 얘기를 했잖아요?"

혜진이 다시 시선을 떨궜다. 나는 일기장을 보고 김혁수에 대해 처음 알았다는 얘기는 하지 않았다.

"내가 며칠 전 혜진 씨한테 보낸 단편 읽어보았어요?"

"네, 어제 저녁 읽어보았어요. 그걸 왜 저에게 보냈어요?"

"혜진 씨의 마음을 사로잡으려고요……."

"……."

"그런데 그 단편은 내가 쓴 게 아니에요. 혜진 씨를 처음 만났을 때 같이 갔던 그 미국 작가가 쓴 거예요. 내가 번안을 했지요."

내가 왜 이 사실을 털어놓았는지 그 이유는 잘 모르겠다. 그녀의 맑은 시선이 우리 사이에 어떤 거짓도 끼여 있기를 허용치 않았기 때문이었다.

"왜 그랬어요?"

혜진이 의아해하며 물었다.

"혜진 씨에게 보일 만한 좋은 단편을 쓸 수 없었기 때문이에요."

"좋은 단편을 썼었잖아요?"

"그건 7년 전 얘기지요."

"왜 다시 쓸 수 없다고 생각하세요?"

혜진의 질문에 나는 아무 대답도 하지 않았다.

"저한테 이리로 오라고 했을 때 하신 말 기억하세요?"

"혜진 씨를 미치도록 사랑하기로 결심했다는 말?"

혜진이 고개를 끄덕였다.

"그건 사실이에요. 왜 그런 결심을 했는지 알고 싶지 않아요?"

혜진이 다시 고개를 끄덕였다.

"지난 10여 년 동안 나는 소설을 써왔어요. 등단하고 군대 다녀온 후 처음 3년 동안은 그런대로 괜찮은 소설을, 그다음 7년 동안은 쓰레기 같은 소설을 썼지요. 어떤 소설이든 이미 완성된 소설은 작가에게서 소재를 빼앗아가지요. 나는 이제 소재가 없는 작가라는 것을 깨달았어요. 소설거리가 될 만한 소재가 없는 작가는 죽은 작가나 마찬가지죠. 그래도 계속해서 소설을 쓴다면 비루한 걸인과 다름이 없지요. 그래서 나는 소설을 쓰지 않기로

132

했어요."

나는 앞에 놓인 소주잔을 들어 단숨에 들이켜고 말을 이어갔다.

"그러나 불행하게도 나는 그나마 소설 쓰는 것 외에는 아무런 재주가 없는 사람이에요. 결국 내가 내린 결론은 새로 출발해야 한다는 거예요. 지금까지 내가 쓴 소설은 그동안의 경험이나 느낌으로 끝이 났고, 지금부터 새로운 경험과 참신한 느낌을 찾아나서야 한다는 거예요. 혜진 씨와 함께 그런 경험을 찾아가고 싶어요."

"무엇이 그런 변화를 주었나요?"

혜진이 물어왔다.

"자연과 햇볕과 바다와 젊음. 대학생들과 함께 햇볕을 받으며 이 바다에서 며칠 지내는 사이, 나는 혜진 씨를 진정으로 사랑한다는 것을 깨달았어요. 사랑을 어떻게 정의하느냐고 물으면 답은 못하겠어요. 하지만 난 확신합니다. 오로지 혜진 씨만 있으면 이젠 행복할 자신이 있어요. 햇볕과 바다와 자연이 밖에서 우리를 기다리고 있는 한 혜진 씨 외에는 아무것도 필요 없어요."

침묵이 다시 우리 사이에 끼어들었다.

"여기에 온 것을 후회해요?"

내가 물었다.

"아니에요. 아주 다행으로 여겨요."

혜진이 미소 지으며 말했다.

"나 한 가지 물어봐도 돼요? 대답하기 곤란하면 하지 않아도 되고……."

"물어보세요."

"언제부터 혜진 씨의 가슴속에 내가 특별한 남자로 자리를 잡았죠?"

"제 아파트에 처음 오셨던 때를 기억하세요?"

내가 고개를 끄덕였다.

"다음날 새벽에 허겁지겁 아파트를 나갔던 것도 기억나세요?"

내가 다시 고개를 끄덕였다.

"아마 그날 새벽 허겁지겁 나가는 모습을 본 이후일 거예요."

술에 취해 인사불성이 된 나를 혜진이 아파트로 데려가 재워주던 날, 새벽녘 혜진의 일기를 본 뒤 허둥지둥 혜진의 아파트를 나서던 내 모습이 떠올랐다.

"저도 같은 질문 해도 돼요?"

혜진이 물었다. 나는 기억을 더듬기 시작했다.

"아마 혜진 씨 아파트에 두 번째로 간 날, 내가 가려고 할 때 혜진 씨가 '가지 마세요. 가지 마세요. 오늘은 저하고 함께 있어요'라고 했을 때일 거예요."

"왜요?"

"그 순간 나는 앞으로 다른 어떤 여자와도 결코 사랑할 수 없다는 걸 가슴으로 느꼈어요."

내 말을 끝으로 우리 사이에 다시 침묵이 찾아왔다. 나는 식당을 둘러보았다. 우리가 들어올 때 있었던, 어부로 보이는 두 무리의 손님들은 이미 나가고 우리 둘밖에 없었다. 시간이 꽤 지났음을 알았다. 고개를 돌리자 혜진의 시선과 마주쳤다. 혜진의 눈이 많이 풀어져 있었고, 나도 취기를 느꼈다.

"혜진 씨는 이상한 버릇이 있어요. 내가 혜진 씨를 보면 시선을 아래로 피하고, 내가 다른 곳에 시선을 주면 항상 나를 보고 있는 것 같아요."

"그냥 마음 편하게 정훈 씨를 보는 것이 좋아요."

"내가 보면 부담이 돼요?"

"저는 남에게 내세울 게 별로 없는 여자예요."

"결코 그렇지 않아요. 나야말로 남에게 보일 수 있는 것은 파렴치함뿐이죠. 내 소설이 그걸 증명해요."

"우리 다른 얘기 해요. 아무 얘기라도."

혜진이 나에게 시선을 붙박아둔 채 말했다. 내가 말하는 모습이 마치 세상에서 제일 재미있는 것처럼.

"우리 바닷바람을 쐬며 걸을까요?"

우리가 식당에서 나왔을 때 바다에서 불어오는 바람에 상쾌함이 실려 있었다. 나는 바닷바람을 깊숙이 들이마셨다. 내가 하는 것을 보고 혜진도 두 팔을 벌린 채 심호흡을 했다. 우리는 손을 잡고 바닷가로 갔다.

한여름이 지난 후 매년 어김없이 찾아오는 태풍의 흔적이 바닷가 모래사장에 남아 있었다. 무서운 파도에 해변으로 밀려왔을 해초 더미와 나뭇가지들이 은은한 달빛에 드러났다. 파도는 깊은 잠에 빠진 듯 고른 숨소리만 토해내곤 했다. 혜진은 샌들을 벗어 한 손에 들었다. 우리는 파도의 숨소리를 들으며 모래사장 위를 걸어갔다. 나는 소리 내어 시를 읊기 시작했다.

나는 무엇과도 싸우지 않았다. 그 무엇도 싸울 가치가 없기 때문에.
내가 사랑한 것은 자연이고 그다음으로는 예술.
인생의 모닥불 앞에서 내 두 손을 따뜻하게 했으니.
이제 모닥불은 꺼져가고 나도 떠날 준비를 해야지.

"누가 쓴 시예요?"

"어느 영국 시인이 썼어요. 나도 인생이 끝날 때 그 시인 같은 마음을 갖고 싶어요."

"다시 한 번 읊어보세요."

혜진이 걸으면서 나를 올려다보고 말했다. 나는 다시 읊었다.

"그런데 한 군데를 고쳤으면 좋겠어요. '내가 사랑한 것은 자연이고 그다음으로는 한 여자'라고."

내가 혜진을 보며 말했다.

"아니에요. 예술이 더 나아요. 사랑에 빠진 사람의 눈에 사랑하는 사람보다 더 훌륭한 예술 작품은 세상에 없을 테니까요."

혜진의 말에 나는 잠시 생각에 잠겼다가 고개를 끄덕였다.

"혜진 씨 말이 맞아요. 시인도 그런 생각을 했을 거예요. 사랑이 바로 최고의 예술이지요. 예술을 여러 가지로 정의할 수 있겠지만 내가 좋아하는 예술의 정의가 있어요."

"뭔데요?"

"예술이란 인간이 겪어야 하는 모든 것을 아름다움으로 승화시킨다는 거예요. 모든 슬픔과 고통과 잔인함까지도……. 사랑이 바로 그런 거지요."

바닷바람이 우리를 스치고 지나갔다. 그러자 혜진이 몸을 움츠렸다.

"우리에게 지금 필요한 건 시가 아니에요. 뭔지 알아요?"

"뭐예요?"

"바로 모닥불. 시가 나에게 영감을 주었어요."

나는 어리둥절해하는 혜진을 그 자리에 두고 뛰어가 모래사장에 널려 있는 마른 해초 더미와 나뭇가지들을 주웠다. 곧이어 혜진도 내 옆에 와서 같이 줍기 시작했다.

잠시 후 우리는 바위로 둘러싸인 아늑한 곳에 한 무더기의 해초와 나뭇가지를 쌓았다. 내가 해초에 불을 지폈다. 푸드득 푸드득, 소리를 내며 해초 더미는 불꽃을 일으켰다. 매콤한 연기가 바다 쪽으로 흘러갔다. 우리는 연기가 오지 않는 쪽에 서서 뽀얀 연기에 가리기 시작하는 바다와 별이 떠 있는 하늘, 그리고 모닥불에 비친 서로의 얼굴을 보았다. 혜진이 두 손을 불꽃 위로 내밀었다.

'인생의 모닥불 앞에서 내 두 손을 따뜻하게 했으니.'

혜진이 시의 한 구절을 소리 내어 외웠다.

'이제 모닥불은 더 한층 피어오르고 나도 불꽃처럼 힘

차게 살아갈 준비를 해야지.'

내가 시의 마지막 구절을 고쳤다.

"어떻게 살면 힘차게 사는 거예요?"

"나도 모르겠어요."

"이렇게 살면 어때요?"

혜진이 두 팔을 벌렸다. 하늘을 보며 빙글빙글 회전하면서 모닥불 주위를 돌았다.

"자연의 품속에 안겨서 대기의 신선한 공기를 맘껏 들이마시며…… 이렇게요."

바닷가에서 불어오는 바람이 불꽃을 더 치솟게 하고 그녀의 스커트를 들쳐올렸다. 순간 내 시선이 혜진의 쭉 뻗은 다리에 머물렀다. 자연의 아름다움과는 다른 아름다움이 그곳에 숨겨져 있었다.

혜진이 모닥불을 돌아 내가 서 있는 곳으로 왔을 때 나는 그녀를 가슴에 안았다. 혜진이 팔을 벌린 채 하늘을 보면서 무대에서의 배우처럼 읊조렸다.

"세월은 끊임없이 흘러가고 있어요. 우리는 미워할 시간이 없어요. 사랑할 시간만 남아 있어요."

나는 혜진의 목덜미에 키스를 하며 두 손을 스커트 밑으로 넣었다. 그녀의 몸이 으스러지도록 품 안에 끌어들였다.

그렇게 해서 우리의 두 번째 사랑은 한밤중 아무도 찾지 않는 곳, 해변 모래사장에 피워놓은 모닥불 옆에서 이루어졌다. 마치 꿈속에서 이루어진 듯한, 그 사랑행위는 자연을 모독한 죄에 가까웠다.

그러나 어떤 천벌이 내리더라도 후회할 것 같지 않았다. 아니, 계속해서 범하고 계속해서 벌을 받기를 나는 두 손 들어 환영했다. 같이 범하고 같이 벌을 받는, 그 가능성이 오히려 우리 둘을 꽁꽁 묶으리라는 생각 때문이었다.

우리의 사랑행위가 끝났을 때 모닥불은 꺼져가고 있었고, 달은 구름에 가려져 있었고, 우리는 침묵하고 있었다. 그러나 침묵 속에 모든 것이 꽉 차 있었다. 서로에 대한 고마운 마음과 새로운 마음가짐과 새로운 경험이 가져다준 경이로움으로.

* * *

다음날 아침 내가 눈을 떴을 때는 창문으로 들어온 햇살이 이미 방안에 길게 드리워져 있었다. 옆을 보았다. 혜진은 그곳에 없었다. 시계를 볼 필요도 없이 시간이 꽤 지났음을 알았다. 내가 침대에서 몸을 일으키려고 할 때 방문이 살그머니 열렸다. "이제 일어났군요" 하며 혜진이 방안에 들어왔다.

"아침식사가 준비되었습니다. 북엇국입니다. 어디서 드실까요? 침대 위에서, 마루에서, 아니면 뜰에서?"

혜진이 장난기가 가득 묻어 있는 말투로 말했다. 나는 혜진을 물끄러미 보았다. 어제와 달리 흰색 티셔츠에 블루진을 입은 혜진의 모습에서 나는 행복에 젖어 있는 아름다운 여인을 보았다. 그것이 혜진의 본래 모습임에 틀림없었다. 하지만 다음 순간 불길한 예감이 내 가슴을 파고들었다. 내 앞에 있는 여인의 행복이 오래가지 않으리라는 느낌이었다. 혜진의 일기장 내용이 퍼뜩 머리를 스치고 지나갔기 때문이었으리라.

나는 대답 대신 침대에 다시 누운 채 혜진에게 옆으로 오라고 손짓을 했다. 혜진이 침대 옆으로 다가오자 나는 그녀의 팔을 끌어 내 옆에 뉘었다.

"어제 저녁 어떻게 이곳에 왔어요? 기억이 잘 나지 않아요."

나는 팔을 뻗어 혜진에게 팔베개를 해주며 말했다. 혜진이 미소 지었다.

"스토리가 꽤 길어요. 해변을 떠나 이곳으로 오던 중

포장마차에 들른 것은 기억나세요?"

내가 고개를 끄덕였다.

"그곳에서 입가심을 한다고 맥주를 마셨어요."

내가 다시 고개를 끄덕였다.

"그리고 요즘 문단의 어떤 성향에 대해 울분을 터뜨리며 술을 계속해서 마셨어요."

"그게 바로 나의 고질병이에요. 내가 뭐라고 울분을 터뜨렸는데요?"

"사회에서 작가가 그래도 존경을 받는 이유는 창작과정에서 거쳐야 하는 고독, 보통 사람이 도저히 견딜 수 없는 지독한 고독 때문이라고 했어요. 그런 고독을 참고 견디기 싫어, 잡놈들이 다 모이는 정치판에 작가들이 뛰어든다고 했어요."

"다른 이야기는요?"

"그들은 불우한 성장과정이나 또 다른 이유로 증오에 차 있다고 했어요. 대부분의 사람들은 증오를 배우지 않은 선한 사람들이기 때문에 증오에 찬 사람은 외로워지게 되어 있대요. 외로우면 패거리를 만들고, 패거리를 만들면 집단증오가 된다고 했어요."

"그게 전부예요?"

"한 가지 더 있어요. 진정한 자유 신봉가인 몇몇을 제외하고는 거의 모두가 소설의 소재가 고갈된 사람들이라 그것을 숨기려고 현실정치에 참여한다고 했어요."

"어떻게 그렇게 잘 기억하고 있어요?"

"저도 정훈 씨의 일부 의견에 전적으로 동의하니까요."

"특히 어떤 점에서요?"

"증오에 관한 거예요. 한 가지 덧붙이면 증오는 가장 빠른 속도로 전파되는 무서운 전염병이에요."

"한 가지 부탁을 해야겠어요. 내가 울분에 차 한 얘기는 다 잊어버려요. 대중작가의 부끄러운 자기 변명에 지나지 않아요."

순간 혜진의 입술이 나의 입술 위에 포개졌다. 입술과 입술 사이가 조금 벌어지면서 혜진이 애원하듯 말했다.

"저한테 한 가지 약속을 해줘요. 절대로, 무슨 일이 있어도 자학하지 않겠다고요."

내가 새끼손가락을 내밀었다. 혜진의 입술과 내 입술은 여전히 포개진 채였다. 혜진도 새끼손가락을 내밀었다. 우리는 새끼손가락을 굳게 걸었다.

"정훈 씨는 앞으로 좋은 소설을 쓸 거예요. 누구나 읽고 감동을 받는 그런 소설 말이에요."

혜진이 말했다. 나는 내 위에 있는 혜진의 가냘픈 몸

을, 한치의 빠짐도 없이 내 몸 전체로 느끼면서 꼭 껴안았다.

"어떤 영국 작가가 말했어요. 자기가 소설을 쓰는 이유는 두 가지라고요. 하나는 먹고살기 위해서고, 다른 하나는 자기가 존경하는 사람들로부터 같은 존경을 받기 위해서라고……. 혜진 씨가 내 곁에 있는 한 나는 좋은 소설을 쓸 수 있을 것 같아요. 내가 사랑하는 사람으로부터 똑같은 사랑을 받기 위해서."

우리 사이에 침묵이 흘렀다.

"그다음에 무슨 일이 일어났어요?"

내가 침묵을 깼다. 혜진이 몸을 일으켜 침대 위에 앉았다.

"울분을 터뜨린 후…… 갑자기 포장마차에 있던 어부들을 향해 소리쳤어요."

"그때부터 전혀 기억이 안 나요."

다 기억하고 있지만 혜진의 설명이 듣고 싶어서 일부러 그렇게 말했다.

"그곳에 있는 모두에게 한턱 내겠다고요. 해변에 나가 밤새도록 축배를 들자고 했어요. 포장마차 주인이 무슨 일을 축하하느냐고 물으니까, 정훈 씨가 뭐라고 했는지 아세요?"

혜진이 나를 보고 미소 지었다.

"해변에서 성지(聖地)를 발견했다고 했어요."

내가 웃었다.

"마침 포장마차도 파장을 할 때라 그곳 주인과 술을 마시던 어부들과 함께 포장마차의 음식을 가지고 해변으로 갔어요. 우리가 있었던 곳에 다시 모닥불을 피우고 그 주위에서 모두들 맘껏 먹고 마시며 놀았지요. 새벽 4시까지요."

"어제 일은 어제 일이고, 오늘 새로운 날이 시작됐어요. 그냥 흘려보낼 시간이 없어요. 인생은 너무 짧으니까요."

나는 침대에서 일어났다.

"오늘은 혜진 씨에게 내 다이빙 실력을 보여주는 중요한 날이에요. 사랑의 힘이 얼마나 위대한지 증명하는 역사적 순간이 다가오고 있어요."

혜진이 의아해하는 표정을 지었다.

"혜진 씨가 아니었다면 결코 다이빙을 사흘 만에 배울 수 없었을 거예요."

내가 말하자 혜진이 미소 지었다.

"안됐지만 다이빙 실력을 보여주는 것은 다음 기회로 미루어야겠어요."

"무슨 얘기예요?"

"태풍이 온다는 예보가 있었어요. 지금 바깥에는 바람이 세게 불어요."

나는 바깥의 소리에 귀를 기울였다. 바닷바람에 나뭇가지가 흔들리는 소리가 들려왔다.

"그럼, 오늘은 무얼 하지요?"

"그냥 걸어요. 바람은 불어도 햇볕은 따뜻해요."

혜진이 말했다.

우리는 아침을 먹고 범섬이 보이는 해변을 따라 걸었다. 얼마를 걷다가 어느 한 장소에 자리를 잡았다. 우리는 파도가 넘실대는 바다를 바라보았다.

"저기 저곳을 보세요. 저기는 파도가 일지 않죠?"

혜진이 손으로 가리키는 곳을 보았다. 범섬 바로 앞바다만이 파도가 없이 잔잔했다.

"범섬이 파도를 가로막아주니까 그럴 거예요."

"제가 죽으면 화장을 해 저곳에 뿌려주세요. 범섬 앞, 파도가 일지 않는, 아무도 모르는 곳에요."

혜진이 말했다.

"약속하지요. 내가 먼저 죽지 않으면 말이에요. 그런데 내 생각에는 내가 먼저 죽을 것 같은데요."

"그렇지 않을 거예요."

혜진이 자신 있게 말했다. 나는 혜진을 물끄러미 바라보았다. 혜진이 내 시선을 느꼈는지 바다에 보냈던 시선을 거두어 나를 보았다. 혜진의 입술에 내 입술을 갖다대었다.

"저하고 약속한 것 잊지 마세요."

혜진이 속삭였다.

"무슨 약속?"

"제가 죽으면 화장을 해 범섬 앞 파도가 일지 않는 바다에 뿌려준다는 약속……."

나는 아무 말도 하지 않았다. 왠지 불길한 예감이 들었다.

그날 저녁 우리는 해변에서 수평선을 보며 시간을 보냈다. 그곳에서 수평선을 향해 서서히 내려앉는, 그리고 잠시 수평선에 걸려 있다가 수평선 밑으로 빠르게 자취를 감추는, 그런 후 하늘에 널린 구름을 붉은빛으로 물들이는 태양의 위대한 힘에 마음속으로 무한한 찬사를 보냈다.

태양의 뒤를 이어 달이 그 자태를 나타내기 전, 어스름으로 싸여 있는 돌담 사잇길을 걸어 농가로 돌아왔다. 그곳에서 우리는 불빛 아래서 조용히 책을 읽었다. 간혹 우리 둘의 시선이 마주쳤지만 우리에겐 아무런 말이 필요 없었다. 우리 두 사람의 체취로만 가득 찬 방에서 같이 있다는 것만으로 충분했다. 더 이상 아무것도 바랄 것이 없었다.

* * *

다음날 우리는 비행기를 타고 서울로 올라왔다. 농가를 떠나면서 우리는 똑같이 뒤를 자꾸 돌아보았고, 택시 안에서는 우리가 사랑을 나눴던 해변을 똑같이 찾아 그곳에 시선을 보냈다. 아쉬움이 몰아쳤다. 그렇다고 체류 일정을 연장할 마음은 없었다. 혜진과 제주도에서 보낸 이틀은 꿈속에서 지낸 것만 같았다. 더 연장하면 꿈에서 깨어날까 봐 두려웠다.

서울로 향하는 비행기가 이륙했을 때, 나는 안도의 숨을 내쉬었다. 지난 이틀이 내 기억 속에 영원히 자리 잡고 있어 노년이 되어서도 다시 회상할 수 있다는 상념에 마음이 흐뭇해졌다. 나는 옆자리에 앉은 혜진을 바라보며 노년에 접어든 혜진의 모습을 머릿속에서 그려보았다. 지금의 혜진보다 더한 아름다움이 어떤 것인지 나로서는 도저히 상상할 수 없지만, 노년은 혜진에게 그런 아름다움을 가져다주리라 확신했다.

빨리 노년이 왔으면! 비행기가 착륙 준비를 할 때 내가 바란 것은 바로 이것이었다. 손자 손녀를 돌보며 곱게 늙어가는 혜진을 옆에서 바라보는 나 자신을 그려보았다. 더 이상 바랄 것이 없었다. 서로가 서로를 마음껏 사랑하고 한몸이 되어 마음껏 웃고 마음껏 울며 보낼 혜진과 내 앞에 놓인 인생을 그려보았다. 나는 인생에서 원하는 모든 것을 얻었다고 확신했다.

우리의 사랑 앞에 어떤 장애물도 있을 수 없다고 굳게 믿었다. 혜진이 김혁수라는 남자에게 주었던 사랑과는 비교도 안 될 더 큰 사랑을 혜진이 나에게 주고 있다는 데 의심의 여지가 없었다. 그러나 한 가지 꺼림칙한 것이 있었다. 혜진의 일기를 읽었다는 사실을 아직까지 털어놓지 못한 것이었다.

"혜진 씨, 한 가지 고백할 게 있어요."

공항에 내려 잡아 탄 택시가 혜진의 아파트에 가까워오자 내가 그녀의 귀에 속삭였다.

"뭔데요?"

혜진도 속삭였다.

"혜진 씨의 일기를 몰래 읽어보았어요."

혜진이 깜짝 놀라는 표정을 지었다.

"혜진 씨의 아파트에서 처음으로 밤을 지새우던 날, 우연히 읽게 되었어요."

내가 혜진의 손을 잡고 말하자 혜진이 고개를 푹 떨구었다. 크게 기대했던 일이 실패하여 낙담하는 듯한 태도였다. 그런 혜진의 태도가 이해가 되지 않았지만 별일 아닌 일로 그냥 지나쳤다.

마침내 택시가 혜진의 아파트 앞에 정차했다.

"전화할게요."

내가 혜진의 손을 꼭 잡으며 한 말이었다. 혜진은 미소만 지으며 아무 말이 없었다.

혜진이 헤어질 때 나에게 지어 보인 미소, 복잡미묘한 의미를 담은 듯한 그 미소를 어떻게 표현할 수 있을까? 세상에 태어난 아기를 처음으로 보며 어머니가 짓는 경이로움의 미소라고나 할까? 아니면, 어머니가 어린 자식을 두고 숨을 거둘 때 짓는 안타까움의 미소라고나 할까?

나는 혜진과 헤어져 집으로 왔다. 지하실로 내려가 그곳에서 조각 작업에 여념이 없는 누나를 만났다.

"신문사에서 너를 찾는 전화가 여러 번 왔었어. 저쪽 탁자 위에 메모해두었다. 너 글쓰는 데 방해될까 봐 제주도 전화번호는 알려주지 않았어."

누나가 나를 힐끔 뒤돌아보고는 조각을 계속하면서 말했다.

"별일 아닐 거야. 또 소설을 연재하자는 거겠지. 이제부터는 신문 연재소설은 쓰지 않고 제대로 된 소설을 쓸거야."

"왜 그런 결심을 하게 됐어?"

"좋은 소설을 써서 보여줄 사람이 생겼어."

"여자야?"

누나가 나를 돌아보며 물었다. 나는 고개를 끄덕였다.

"축하할 일이군. 같이 축하주를 들까?"

누나가 미소 속에 말했다.

"아니. 지금은 하고 싶은 일이 있어."

"무슨 일인데?"

"오늘 저녁은 조각을 하고 싶어."

"그럼, 작업장을 비워주어야겠군. 그렇지 않아도 쉬려는 참이야."

누나가 그렇게 말하며 지하실을 나갔다. 그때부터 새벽까지 나는 망치와 정으로 열심히 돌을 쪼아나갔다. 혜진이 오늘 나와 헤어지기 전 지었던 미소를 조각하여 영원히 남겨두고 싶어서였다.

다음날 아침 집필실로 쓰는 오피스텔에 들어서자마자 신문사에 전화를 걸었다.

"문화부 정기문입니다."

"아, 직접 받으시는군요. 저, 이정훈이에요."

"그렇지 않아도 부장님이 어제부터 찾으셨는데요. 지금 부장님이 안 계셔서……. 저 다름이 아니라 이 선생님께 긴요한 부탁을 드리려고요. 윗선에서 이 일은 이선생님이 꼭 해야 된다고 해서요."

"무슨 일인데요?"

또다시 잡문을 써야 할지도 모른다는 생각이 들자 나는 짜증이 났다.

"요즘 인도가 종교분쟁 때문에 시끄러운 거 아시죠?"

"며칠 동안 신문을 읽지 않아서……."

"힌두교도와 회교도 사이에 분쟁이 심해요. 언론인 몇 분이 일주일 예정으로 내일 인도로 떠나는데 이 선생님께서 동행했으면 해서요."

"제가 할 일은요?"

"작가의 시각에서 본 인도 사회의 실상에 대하여 20매 정도씩 5회에 걸쳐 연재할 내용을 준비해주시면 됩니다."

"저는 인도 사정에 밝지 않은데……."

152

"작년에 저희 신문에 실린 이 선생님의 실크로드 기행문이 윗선의 마음에 드셨던 모양입니다."

정 기자가 말했다.

나의 첫 번째 마음속 반응은 거절이었다. 이제부터 잡문은 쓰지 않고 제대로 된 소설을 쓰기로 단단히 결심을 한 터였다. 그것은 혜진과의 약속이기도 했다. 그러나 나는 응낙하기로 마음을 바꾸었다. 지난 이틀 동안에 일어났던 일을 혜진과 떨어져 나 혼자서, 그리고 신비스러운 인도의 고도에서 음미해보고 싶었기 때문이었다.

"그렇게 하지요."

"고맙습니다. 부장님께서 아주 고마워하실 겁니다. 오후 늦게 참고자료와 비행기표를 가지고 집필실로 찾아뵙겠습니다."

나는 정 기자와 전화통화 후 바로 혜진에게 전화를 걸었다. 외출 중인지 전화를 받지 않았다. 나는 정 기자가 언급한, 작년에 쓴 실크로드 기행문의 원고를 찾았다. 다시 읽어보기 위해서였다. 언제부터인가, 아마 소설을 쓰기 시작한 때부터, 나는 누군가 내 소설이나 글이 좋다고 하면, 그것을 마치 연인에게서 온 귀중한 연서처럼 다시 찾아 읽어보는 버릇을 지니고 있었다. 끊임없이 찾아오는 불청객인 허무감을 잠재우고, 계속해서 글을 쓰는 데 용기가 필요해서였는지도 모른다.

원고를 신문사에 보냈을 때도 그렇게 느꼈지만 다시 읽어봐도 자랑할 만한 기행문은 아니었다. 한 가지 특기할 만한 점이 있다면 실크로드 여행 중 버스를 타고 카라코람(Karakoram) 하이웨이를 지날 때 일어난 일에 관한 글 부분이었다.

그때 나는 특수자전거로 그 험한 카라코람 하이웨이를 넘는 내 나이 또래의 두 영국인과 만났었다. 어떻게 이렇게 험하고 어려운 여행을 하느냐고 묻자, 그 두 사람 모두 '곧 결혼하는데 마지막으로 모험을 해보고 싶어서'라고 대답했다. 보통 사람들이라면 두려워서 피하기 마련인 오지 여행을 오히려 특권으로 받아들여 도전하는 그들의 정신을, 오체투지의 수행을 하는 티베트 종교인들의 순종적인 모습과 대비시키면서 4백 년 동안 계속된 서구 세력의 동양권 제압을 설명했었다. 어떤 일이 스트레스냐 특혜냐는 생각하기 나름이며, 어려움을 오히려 특혜로 여기는 자가 승자가 된다는 것이 나의 믿음이기 때문이었다.

오후 4시까지 혜진에게 10번 이상이나 전화를 걸었다. 혜진이 아파트에 있지 않다는 것은 명백해졌다. 다급한 마음에 카페 '애수'로 전화를 했다. 혜진은 그곳에도 없었다. 그러나 다행스럽게도 마침 그곳에 있던 혜진의 친구와 통화가 되었다.

"저 이정훈이라고 하는데요. 혜진 씨한테 급히 연락할 일이 있는데 아파트에는 없습니다. 혹시 연락할 수 있는 방법이 없을까요?"

"혜진이가 급히 지방에 내려갔어요. 어머니가 위독하시다는 연락을 받고요. 당분간 카페를 봐달라고 해서 제가 이곳에 와 있는 거예요."

"혹시 그곳 전화번호를 아시나요?"

"아뇨, 저는 잘 모르는데요."

나로서는 혜진의 어머니가 별일 없기를 바랄 수밖에 없었다. 내일 저녁 인도로 떠날 때까지 통화할 수 없어도 여행 중에는 통화할 수 있으리라 생각했다.

"혜진 씨와 연락되면 제가 내일 일주일 예정으로 인도 여행을 떠난다고 전해주십시오. 그리고 혜진 씨 어머니 댁 전화번호를 알아봐주시면 대단히 고맙겠습니다. 여행 중에 혜진 씨에게 전화를 하려고요."

나는 이 말을 남기고 전화를 끊었다.

그날 오후 늦게 신문사 기자가 집필실로 찾아왔다. 기사를 쓰는 데 필요한 자료와 여행 스케줄, 그리고 비행기표를 내 앞에 내놓으면서 입을 열었다.

"이 비행기표는 이등석인데, 내일 체크인할 때 비즈니스 클래스로 업그레이드되어 있을 거예요. 현재로서는 비즈니스 클래스 쪽에 좌석이 없어서요."

"아니, 저는 이코노미 클래스가 좋아요. 비즈니스 클래스였다면 바꿔달라고 했을 거예요."

"왜 그런지요?"

기자가 의아해하는 표정을 지으며 물었다.

"'매스', 즉 '대중'이 제 삶의 신조예요. 대중성…… 그건 지혜이고, 삶의 질이고, 바로 행복이지요. 인류 역사를 통해 소수의 상류층이나 지식인이 만든 결정은 인류에게 재앙만 가지고 왔지요. 그리고 현재의 인간 사회는 대중이 가장 행복할 가능성이 높게 만들어져 있지요."

기자가 어리둥절해했다.

"사람이 대중성에서 벗어나 사치의 세계로 일단 들어가면 그곳에서 헤어날 수 없지요. 그렇게 되면 더 높은 사치가 일상화된 자들의 사냥개 노릇이나 하면서 그들을 깊이 흠모하면서, 따라 하다 보면 결국 돈의 지배를 받게 되지요."

나는 기자의 손을 잡으며 공연히 장광설을 늘어놓아 미안하다는 말로 그를 돌려보냈다.

우리 일행은 다음날 저녁 인도의 뉴델리로 떠났다. 탑승하기 바로 전에 혜진의 아파트와 '애수'로 전화를 걸어보았다. 아파트 전화는 계속 받지 않았고, '애수'에 있는 혜진의 친구는 혜진에게서 아무런 연락도 없었다고 했다. 노환이라는 것이 위독하다가도 꽤 오래 갈 확률이 많을 뿐 아니라 기적적으로 회복되는 일이 종종 있어, 그런 경우이기를 바랐다.

야간 비행을 하는 기내에서나 싱가포르에서 비행기를 갈아탈 때에도 나는 사뭇 흐뭇한 기분에 젖어 있었다. 사랑에 빠진 사람만이 느낄 수 있는 느긋함, 세상사에 대한 무관심, 마음속에 자리 잡은 만족감, 그리고 내 얼굴에서 묻어나는 미소를 만끽하고 있었다. 눈을 뜨고 있을 때는 혜진과 같이 보낸 제주도에서의 이틀이 끊임없이 머릿속에서 재현되고 있었다.

우리는 첫 번째 기착지인 뉴델리에서의 일정을 무사히 마치고 바라나시(Varanasi)로 갔다. 그곳에서 나는 힌두교의 교리에 흠뻑 빠져들었다. 한마디로 죽음이 무섭지 않았다. 윤회사상이 몹시 매력적이었다. 바라나시에서 하루를 머문 다음 콜카타로 떠났다. 콜카타로 떠나는 비행기 안에서 나는 콜카타 공항에서 부칠 예정으로 혜진에게 편지를 썼다.

사랑하는 혜진 씨에게

막상 서두를 이렇게 써놓고 보니 이상한 느낌이 드네요. '사랑'이라는 말은 이때까지 수없이 써왔지만 그 진정한 뜻을 알고 쓰기란 이번이 처음이라는 생각이 들었기 때문이에요.

이번 여행은 신문사의 요청으로 갑작스레 떠나온 것이지만 그런대로 인도라는 나라와 그 안에 사는 사람들을 차분하게 관찰할 수 있는 좋은 기회인 것 같아요.

무엇보다 인도의 광활한 대륙을 횡단하는 동안, 고통받고 있는 수많은 사람들의 얼굴 표정을 대하면서, 인생을 보는 힌두교의 시각에 매료되었어요. 간단히 설명하면, 지구상에서의 일생을 전생에서 지은 죄에 대한 벌이거나, 전생에서 베풀었던 선행에 대한 보상이라 믿는 것이요.

처음 뉴델리에 도착했을 때 나를 놀라게 했던 것은, 거지들이 많다는 게 아니라 고통받는 거지들의 표정이 너무 밝았다는 사실이었어요. 그들 모두는 하루하루의 힘든 삶을 전생에서 지은 죄를 갚는 행위로 받아들이고 있어요. 그들은 그런 삶을 전혀 고통스럽게 느끼지 않고요. 마치 앞으로의 건강을 위해 힘들게 운동하는 현대인에게는 그것이 고통으로 여겨지지 않는 것과 같은 이치지요. 그들은 다음번 생에서 태어날 때의 부귀영화를 꿈꾸며 편안한 마

음으로 살아가고 있어요. 비록 현재의 삶이 아무리 고통스
럽다 할지라도 말이에요.

나는 그들의 윤회사상을 믿게 되었어요. 전생에 혜진 씨
와 나는 특별한 사이였음이 분명해요. 그렇지 않고는 우리
의 만남, 우리의 사랑을 설명할 수가 없어요. 전생에서 한
때 혜진 씨가 나의 어머니였으리라 생각됩니다. 그렇지 않
으면 혜진 씨가 나에게 보여준 은은한 미소를 설명할 수가
없어요. 그리고 내세에서 혜진 씨는 나의 딸이 되어 있으
리라 믿어요. 그래야지만 나도 혜진 씨에게 따스한 미소로
써 보답할 수 있기 때문이에요.

오늘 새벽, 바라나시의 갠지스 강에 떠 있는 배에 탔지
요. 동이 트기 시작했을 때 갠지스 강 건너편 하늘이 붉게
물들기 시작했어요. 세계 어느 곳에서도 볼 수 있는 그런
아름다움이었어요. 그러나 다른 곳에서 볼 수 없는 특별한
기운이 뻗쳐 있었어요. 죽음을 두려워하지 않는 용기, 아
니 오히려 죽음을 환영하는 희열이 감돌고 있었어요. 우리
배 주위에 타다 남은 시체가 떠내려가고 있었어요. 강변의
언덕 위에는 또 하나의 시체가 연기에 싸여 있었지요.

죽음이란, 결국 무한히 계속되는 영혼의 한 단계의 끝맺
음에 지나지 않아요. 내 영혼이 앞으로 어떤 단계를 거치
든 지금 내가 살고 있는 이 단계가 내 머릿속에서 지워지

지 않는 한 조금도 불평하지 않을 거예요. 인생은 일순간,
영원한 것은 기억뿐이에요. 그리고 기억할 만한 것은 진정
한 사랑뿐이에요.

쓰다 보니 내용도 없는 편지가 되고 말았네요. 혜진 씨
가 위독하신 어머니의 병간호를 하고 있다는 사실은 친구
로부터 들었어요. 아무쪼록 어머니께서 빨리 회복되시기
를 멀리서나마 기원할게요.

그럼, 이만 펜을 놓을게요.

콜카타행 비행기 안에서,

당신의 정훈

편지를 접어 주머니에 넣은 다음 창밖으로 시선을 보
냈다. 비행기 아래로 펼쳐진 뭉게구름이 인도의 대평원
을 가리고 있어 아쉬웠다. 문득 뭉게구름과 연관하여 작
가노트에 적어둔 에피소드가 떠올랐다. 나는 여행 중에
도 항상 가지고 다니는 작가노트를 꺼내 그 부분을 읽기
시작하면서, 그 에피소드의 작중인물처럼 좋은 소설 쓰
기를 결코 포기하지 않기로 결심했다.

40대 후반의 두 소설가가 태평양 위를 나는 비행기 안에

서 우연히 옆자리에 앉게 되었다. 한 소설가는 20대 후반에 한국문학사에 길이 남을 소설이라는 평을 받은 몇 편을 발표한 이후 소설에서 손을 뗀 사람이고, 또 다른 소설가는 인정받는 소설을 쓰려고 평생 동안 노력하였으나 실패한 사람이다.

실패한 소설가가 성공한 소설가에게 물었다.

"왜 소설쓰기를 중단했습니까?"

"마지막 소설을 쓴 후 사랑에 빠졌기 때문이지요."

"무슨 말인지요?"

"소설은 사랑하기 전이든지 사랑한 후에 쓸 수 있지, 사랑하는 중에는 쓸 수 없는 것이지요."

"사랑하고 있을 때 가장 좋은 소설을 쓸 수 있다고 세상 사람들은 주장하지 않나요?"

"유부녀하고 사랑할 때는 그렇지 않아요."

"왜 하필이면 유부녀와……."

"나도 모르겠어요. 남편이 당뇨병 환자라 부부생활을 하지 않는다고 했어요."

"둘 사이의 관계를 그녀 남편도 알게 되었나요?"

"그래요."

"어떻게요?"

"'어느 젊은 소설가 때문에 내 인생이 망가졌'고 술에 취해 울부짖었다는 얘기를 전해들었어요."

"그런데도 계속해서 그녀를 사랑했나요?"

"그땐 어떤 짓을 하든 그녀를 보지 않고는 숨쉬기조차 어려웠어요."

"섹스 때문이 아니었던가요?"

"당신은 진정한 사랑이 무엇인지 모르는군요."

"그럼, 플라토닉한 사랑이었단 말인가요?"

"너무나 사랑하니까 나중에는 섹스 생각이 나지 않았어요."

"그녀도 그랬을까요?"

"그녀는 그렇지 않았던 모양이에요. 어느 날 우리가 섹스 없이 그냥 헤어지려고 할 때 그녀가 뭐라고 했는지 아세요?"

"뭐라고 했는데요?"

"실속도 없으면서 왜 만나자고 했어요, 라고 하더군요."

둘 사이에 잠시 침묵이 흘렀다.

"지금 웃고 있는 겁니까?"

성공한 소설가의 표정을 보고 실패한 소설가가 물었다.

"그래요."

"왜 웃고 있는 겁니까?"

"그 말을 할 때의 그녀의 순진한 표정이 생각났기 때문이에요."

"순진한 게 아니에요. 그게 바로 그 여자의 참모습이에
요."

실패한 소설가가 말했다.

잠시 두 소설가는 생각에 잠겼다.

"그러는 당신은 울고 있는 건가요?"

성공한 소설가가 실패한 소설가의 표정을 보고 물었다.

"그렇습니다."

"왜 울고 있는 겁니까?"

"당신의 명예가 부럽기 때문이에요."

잠시 침묵이 흐른 후 실패한 소설가가 말문을 열었다.

"결국 그녀와 헤어졌나요?"

"그래요. 얼마 후 우리는 헤어졌어요."

"그녀와 헤어진 후에는 왜 소설을 쓰지 않았나요?"

"다시 사랑을 찾았기 때문이지요."

"이번에는 어떤 상대였는지요?"

"하나님이요. 그녀와 헤어진 후부터 하나님께 모든 걸
바쳤지요. 그래서 살아남았고요."

"그럼, 유부녀와 하나님 때문에 결국 소설을 쓰지 못했
단 말인가요?"

"더 이상 얘기하기 싫습니다."

성공한 소설가는 말문을 닫았다.

두 소설가는 똑같이 비행기 창밖으로 시선을 보냈다. 뭉게구름이 바다를 이룬 사이로 붉은 햇살이 스며들기 시작했다.

"지금 울고 있는 거예요?"

안색이 변한 성공한 소설가를 보며 실패한 소설가가 물었다.

"그럼, 웃고 있는 것 같나요?"

"왜 울고 있는 겁니까?"

"20년이 넘게 한 기도를 하나님이 들어주시지 않기 때문이에요."

"무슨 기도요?"

"하나님이 내 잘못에 응당한 벌을 내려주시길 빌었어요."

"하나님이 들어주실 것 같아요?"

"꼭 들어주실 거예요."

실패한 소설가가 터지려는 웃음을 참고 있었다.

"당신은 지금 웃고 있는 거지요?"

성공한 소설가가 물었다.

"그렇습니다."

"왜 웃고 있지요?"

"성급한 명예는 목을 조이는 멍에라는 것을 깨달았기 때문이지요."

"무슨 의미인가요?"

"당신 말을 믿지 않겠다는 말입니다."

"당신과는 얘기하지 않겠어요."

성공한 소설가가 굳은 표정을 지으며 대화를 끊었다.

두 소설가는 동시에 허리를 뻗어 자리에 비스듬히 누우며 눈을 감았다.

잠시 후 '쾅' 하는 소리에 두 사람은 비행기 창밖으로 시선을 보냈다. 불꽃이 창문을 덮치는 순간, 기체가 심하게 흔들렸다. 두 소설가는 몸이 앞으로 확 쏠린다고 느끼면서 '악' 하는 승객들의 비명소리를 똑같이 들었다.

그 순간 실패한 소설가의 눈에 성공한 소설가의 미소 짓는 모습이 비쳤다.

"빌어먹을! 하나님도 저 자식 편이구나."

실패한 소설가가 억울한 듯 중얼거렸다.

"나는 해냈다. 드디어 해냈다. 하나님 고맙습니다……이제 내 명예는 영원할 것이다!"

성공한 소설가는 미소 지으며 중얼거렸다.

곧이어 '펑' 하는 소리와 함께 기체는 두 동강이 났다. 성공한 소설가의 몸뚱이는 불꽃 속으로 빨려들어갔고, 실패한 소설가의 몸뚱이는 퉁겨져나와 뭉게구름 위로 떨어졌다.

뭉게구름 속으로 낙하하면서 실패한 소설가는 회심의 미소를 지었다. 드디어 그가 속속들이 아는 소설의 소재를 찾았기 때문이었다. 그 소재는 '구름'이었다. 땅 위에서 구름을 쳐다보았고, 비행기 위에서 구름을 내려다보았으며, 이제는 구름 속에서 온몸으로 느끼기까지 해봤다. 이 세상 그 누구보다 자신이 구름에 대해 잘 쓸 수 있다는 자신감이 그를 행복하게 만들었다.

작가노트를 집어넣으려다가 "순진한 게 아니에요. 그게 바로 그 여자의 참모습이에요"라는 구절을 다시 읽어보았다. 어떤 깨달음이 왔다. 이 에피소드를 썼을 당시 내 마음이 뒤틀려 있었다는 것이었다. 왜 그렇게 되었을까? 주위로부터 미움을 받고 자란 것도 아닌데……. 순간 그 이유를 알아챘다. 경쟁심과 거기에 따른 시기심이 미움을 대신해 내 마음을 뒤틀어놓았던 것 같았다. 이제부터는, 혜진의 사랑을 받고 있는 이 순간부터는 좋은 소설을 쓸 자신이 생겼다.

세월 속에 남겨지다

　일주일 만에 돌아온 서울은 나에게 아무런 변화의 느낌을 주지 않았다. 서울은 여전히 교통체증으로 몸살을 앓고 있었고, 혜진의 소식은 새로운 것이 전혀 없었다. 카페 '애수'로 전화했더니 혜진은 여전히 경주에서 올라오지 않았고, 며칠 전 전화로 카페를 처분하여 그 돈을 보관해달라는 부탁만 해왔다고 했다. 더 이상 앉아서 기다릴 수는 없었다. 나는 서울에 도착한 날 저녁부터 새벽까지 신문사에 보낼 인도에 관한 기행문을 마무리 지었다.

　다음날 일찍 나는 검사인 친구에게 부탁해 혜진의 어머니 이름이 신경희라는 것과 그녀가 현재 살고 있는 경주시 주소를 알아냈다.

나는 당장 그곳을 찾아가기로 마음먹었다. 마음은 조급했지만 여행 중 밤낮이 바뀌어 컨디션이 안 좋을 뿐만 아니라 고속도로의 교통체증도 염려되어 직접 차를 운전하는 대신에 기차편을 이용하기로 했다.

서울역을 떠나 얼마 안 있어 푸른 들판과 산들이 보였다. 따스한 햇살 사이를 가로질러가는 기차 안에서 나는 우리의 산과 들의 아름다움을 여실히 느꼈다. "아름다운 여인이 기구한 운명을 타고나듯이, 아름다운 조국의 산야도 파란만장한 역사를 끌어들였다"고 한 어느 선배 문인의 말이 문득 떠올랐다.

나는 과거 아름다운 자연을 대해왔지만, 지금과 같이 그 아름다움을 느끼지 못했다. 아마 아름다움을 느끼는 마음이 나도 모르게 추구한 명예와 대중의 인기에 흐려졌기 때문이었으리라. 혼탁해진 나의 마음이 깨끗하게 씻긴 것은 한 여자가 짓는 미소의 힘 때문이었다. 혜진이 지어 보이는 미소! 어머니가 아기에게 지어 보이는 미소!

나는 눈을 감고 혜진의 미소를 마음속에 그려보려고 노력했다. 그것은 순간순간 머릿속에 분명하게 떠올랐다가는 곧 사라졌다. 하지만 뚜렷하게 그려볼 수는 없었다. 그렇다고 서술할 수 있는 것도 아니었다. 그것은 아마 사랑이었을 것이다.

기차가 속도를 줄였다. 천안역에 도착했다고 차내 방송이 알리고 있었다. 문득 천안역에 도착하는 기차를 배경으로 작가노트에 써둔 에피소드가 생각났다. 전쟁이 나기 1년 전 남녀의 애틋한 사랑을 그린 내용이었다.

"빨리 내려. 5분 안에 다 해치워야 돼."

기적을 울리며 천안역으로 들어서는 기차의 승강구에선 남자가 옆에 있는 여자에게 말했다. 여자가 미소 속에 짐짓 긴장하는 태도를 취했다. 그런 여자의 얼굴이 기관차의 연통에서 나는 연기에 살짝 가려졌다.

"자, 내려."

기차가 서자마자 남자가 뛰어내렸고 뒤따라 여자가 뛰어내렸다. 남자가 선로 옆에 있는 국숫집 창 앞으로 뛰어갔다.

"가락국수 두 그릇이요."

남자가 지폐 두 장을 내놓으면서 외쳤다. 주인아주머니가 국자로 큰 냄비에서 국물을 떠 그릇에 담긴 국수 위에 부었다. 남자가 그릇 두 개를 집어들고 창가 옆으로 비껴서서 선반 위에 놓았다. 옆에 서 있는 여자 앞으로 한 그릇을 밀어놓으며 남자는 젓가락으로 국수를 건져 입에 넣고는 국물을 후루룩 마셨다.

"앗, 뜨거워!"

남자가 비명을 질렀다. 여자가 그런 그를 보고 손으로 입을 가리며 웃었다. 웃는 자신의 모습을 떠올리며 여자는 그를 사랑한다는 것을 느꼈다. 그것은 그녀에게 첫 번째 사랑이었고, 또한 마지막 사랑이기를 바랐다.

"빨리 해치워."

남자가 여자에게 재촉하며 국수를 먹고 있었다. 삐, 하고 기적이 울렸다. 두 남녀가 승강장을 둘러보았다. 텅 비어 있었다. 붉은색과 초록색 깃발을 든 역무원이 그들에게 빨리 타라고 손짓을 했다. 여자가 먹고 있던 국수 그릇을 밀어놓고 승강구 쪽으로 뛰어갔다. 남자가 주머니에서 얼른 돈을 꺼내 국숫집 주인 앞으로 던지고는 여자가 먹다 남긴 국수 그릇을 들었다. 그는 여자의 뒤를 따라 기차에 올라탔다. 기차가 천천히 움직였다. 승강구 입구에 선 여자가 국수 그릇을 들고 있는 그를 보고 놀란 표정을 지었다.

"걱정 마. 그릇 값은 주었어."

남자가 여자 앞으로 국수 그릇을 내밀며 말했다. 여자가 국수 그릇을 받아들고 남자에게 미소를 지어 보였다.

반세기가 흐르는 물처럼 지나갔다. 병석에서 상체를 일으키려는 일흔 살의 노파를 딸이 부축했다. 노파가 마른 입술을 혀로 축인 후 힘들게 입을 열었다.

"저기 있는 감나무 이층장 밑에 보면 사기 그릇이 있을 게다. 좀 가지고 오너라."

노파가 마루를 가리켰다. 노파의 딸이 마루로 나가 이층장을 뒤졌다. 한참 만에 오래된 사기 그릇을 가지고 왔다. 노파가 그릇을 두 손으로 받아 가슴으로 꼭 껴안았다.

"웬 그릇이에요?"

노파의 딸이 물었다. 노파는 대답 대신 딸의 손을 꼭 쥐여주었다. 그 순간 노파는 그 국수 그릇만 남기고 다음해 전쟁터에서 이슬로 사라진 남자를 생각하고 있었다.

"잘 간직해라. 네가 한 번도 보지 못한 아버지가 남긴 그릇이다."

노파가 국수 그릇을 딸에게 건네주며 말했다.

그랬다. 정말로 그랬다. 나는 그런 남녀의 사랑을 언젠가는 글로 그리려고 했다. 하지만 나 자신이 직접 경험하지는 못했다. 그래서 지금부터는 혜진과 함께 경험하리라 단단히 마음먹었다. 나는 내가 계획하고 있는 남녀의 사랑 이야기 중에서 행복한 부분만 선택해 혜진과 같이 실제로 경험하기로 마음먹었다.

기차가 다시 움직이기 시작했다. 기차가 천안시의 외곽으로 빠져나갔다. 자연도 잠깐 동안의 휴식을 취한 듯 차창 밖으로 아름답게 펼쳐졌다. 내가 작가노트에 적어둔 에피소드 가운데 기차와 연관된 사랑 이야기가 또 있을까? 나는 기억을 더듬어갔다.

"한쪽 드시겠습니까?"

중년의 김 교수가 옆자리에 앉은, 짙은 화장을 한 매력적인 젊은 여자에게 버터를 바른 토스트 한 조각을 내밀며 말했다. 그녀가 차창 밖으로 보내던 시선을 거두고 미소지으며 그것을 받았다.

"정말 맛있네요. 외국에 사시는 교포세요?"

그녀는 두 다리를 포개놓으며 말했다. 순간 김 교수의 시선이 구릿빛으로 선탠된 그녀의 허벅지와 매력적인 무릎, 그리고 그 밑으로 쭉 뻗은 두 다리에 머물렀다.

"아닙니다. 공부는 프랑스에서 했지만 여기서 살아요."

"교수신가요?"

"네, 대학에서 프랑스 문학을 가르치고 있지요."

김 교수가 가방에서 포도주 병과 스크루와 종이컵을 꺼냈다. 그는 스크루로 코르크를 딴 후 코르크 병마개를 코

172

에 가져가 냄새를 맡았다.

"처음 사봤는데 좋은 포도주 같군요."

김 교수가 말했다.

그녀는 김 교수가 내미는 잔을 받았다.

"무슨 일로 여행하세요?"

김 교수가 포도주를 종이컵에 따라 건네주며 물었다.

"지방에서 CF 촬영이 있어서요."

"그럼, 영화배우이신가요?"

"현재는 영화배우 지망생이에요."

그녀가 전과 똑같은 환한 미소를 지었다. 오랜 기간 동안 훈련된 미소였으나 김 교수의 눈에는 매우 매력적으로 보였다.

"기차여행을 좋아하세요?"

그녀가 잔을 비우고 김 교수에게 건네주었다.

"현대사회에 아직도 낭만이 남아 있다면 기차여행밖에 없을 겁니다. 기차여행을 즐기기 위해 지방대학에서 일주일에 하루 강의를 맡고 있지요."

"어떤 점이 그렇게 좋으세요?"

"이렇게 달리는 기차에 앉아 창밖으로 펼쳐지는 정경을 보는 것을 좋아해요. 조용히 독서할 수도 있고, 이렇게 포도주도 마시고, 모르는 사람과 이야기할 기회도 있고……."

"모르는 여자에게 자주 말을 거세요?"

"아니오. 이렇게 낯선 여성과 대화하기는 처음입니다."

"또 다른 좋은 점이 있다면요?"

"식당칸으로 가 여유를 갖고 시원한 맥주 한잔을 마시는 기분도 좋지요."

"좋아요. 우리 식당칸으로 가요. 맥주는 제가 살게요."

그녀가 자리에서 일어나며 말했다.

그들은 식당칸으로 가 창가 테이블에 자리를 잡았다. 그녀가 맥주를 시켰다. 김 교수가 맥주를 잔에 따랐고, 둘은 건배를 했다.

"다시 계속 얘기해줘요, 여기가 특별히 좋은 점을."

그녀가 말했다.

"식당칸에서의 흔들림, 차창으로 펼쳐지는 경치, 그리고 이 시원한 맥주."

김 교수가 대답했다.

"아, 또 다른 좋은 점이 있어요."

그녀가 말했다.

"뭔데요?"

"담배를 피울 수 있다는 점이에요."

그녀가 식탁 위에 놓인 재떨이를 눈으로 가리키며 말했

다. 그녀가 담배를 꺼내 들었다. 김 교수가 주머니를 더듬자 그녀가 라이터를 그에게 건네주며 담배를 입에 물었다. 김 교수는 라이터로 불을 붙여주면서, 그녀의 입술, 긴 속눈썹, 탄력 있는 얼굴과 매력적인 손에 시선을 주었다. 아! 다시 젊어질 수 있다면! 김 교수는 탄식을 내뱉었다.

그렇게 시작한 그들의 사랑은, 대부분의 사랑이 그러하듯이, 우여곡절을 겪었다. 김 교수의 헌신적인 사랑을 받으면서 그녀는 배우 지망생에서 정식 배우로, 거기에서 다시 대중의 인기를 한몸에 받는 스타로 탄탄대로를 걸어갔다. 동시에 그들 두 사람의 관계도 묘하게 변해갔다. 처음에는 그녀의 애인이었던 김 교수의 위치가, 시간이 흘러가면서 그리고 김 교수의 사랑이 점점 깊어지면서, 그녀의 무보수 매니저로, 그다음 운전기사로, 마지막으로 그녀의 천덕꾸러기 식객으로 전락했다.

그사이 김 교수는 아내와 가족을 버렸고, 친구들을 잃었으며, 교수직마저 헌신짝처럼 내던져버렸다. 그러나 김 교수는 상관치 않았다. 오히려 행복했다. 그가 그녀를 사랑하는 것은 어떤 의술로도 고칠 수 없는 불치병이라고 믿었기 때문이었다. 그 기차의 식당칸 안에서, 그녀가 입에 문담배에 불을 붙여주면서 그녀의 도톰한 입술과 긴 속눈썹을 보는 순간, 자신은 불치병에 걸렸다고 확신했다. 그냥 그대로 몸속에 지닌 채 저항하거나 불평하지 않고 한평생 안고 살아야 할, 하늘이 내린 병이라고 확신했다.

그랬다. 정말로 그랬다. 나는 그동안 사랑을 모르면서도 누구보다도 잘 아는 것처럼 사랑 이야기를 지껄여왔다. 그리고 사랑이 무엇인지 끊임없이 질문을 해왔고, 그럴 때마다 나름대로 답을 얻었었다. 문제는 거기에 있었다. 사랑이 무엇인지 묻는다는 사실이 사랑을 해본 적이 없다는 증거였다. 사랑을 하면 그것이 무엇인지 묻지 않게 되어 있다. 그것은 문사와 언어를 초월하는, 서술하거나 설명할 수 없는 아주 성스러운 것으로, 극소수의 행운아만이 경험할 수 있는 희귀한 느낌이기 때문이다. 나는 흐뭇한 기분으로 깊은 잠에 빠져들어갔다.

차장을 때리는 빗방울 소리에 나는 잠에서 깨어났다. 차창 밖은 어느새 검은 구름으로 덮여 있었다. 차내 스피커에서 경주에 곧 도착하게 됨을 알려주었다.

경주 역사를 나와 택시기사에게 혜진 어머니의 집주소를 보여주었다. 경주시에서 북쪽으로 조금 떨어진 곳에 위치한 그 집은 반 시간 후 어렵지 않게 찾을 수 있었다. 한옥 기와집들이 모여 있는 동네 중간쯤에서 '신경희'라고 씌어 있는 문패를 확인했다.

대문이 반쯤 열려 있어 살그머니 손으로 밀었다. 대문 안으로 들어서자 바깥에서 상상했던 것보다 넓은 마당이 보였고, 마당 왼쪽으로 마루가 붙은 안채, 오른쪽으로 사랑채가 보였다.

그때 안채의 방문이 열리며 60대 초반으로 보이는 한 여인이 마루로 나왔다. 그 여인이 혜진의 어머니라는 것은 외모로 보아 쉽게 짐작할 수 있었다. 병석에 누워 있던 사람이라고 상상할 수 없을 정도로 건강해 보였다.

"누구를 찾십니껴?"

경상도 어투로 여인이 물었다.

"이혜진 씨를 좀 만나러 왔습니다."

"서울에서 왔십니껴?"

마루에 선 여인이 나를 물끄러미 보며 물었다. 나는 고개를 끄덕였다.

"이리 좀 올라오이소. 집 안이 좀 누추하지만……."

마당을 지나 안채 댓돌 위에 신을 벗어놓고 마루로 올라섰다. 방안에 들어서자 여인이 아랫목 보료 위에 앉으면서 그 앞쪽으로 방석을 놓아주었다. 나는 자리를 잡고 앉았다.

"내가 혜진이 에미 되는 사람입니더."

"저는 혜진 씨의……."

"이정훈 씨 맞지예? 혜진이한테 애기 들었심더."

내가 우물쭈물하자 혜진의 어머니가 말했다.

"편찮으시다고 들었는데 건강해 보이시니 다행입니다."

내가 말했다.

"괜찮심더. 혜진이를 불러오려고 일부러 아프다고 했심더."

혜진의 어머니의 말에 내가 어리둥절했다.

"혜진 씨는 어디 있습니까?"

"……."

혜진의 어머니는 대답 대신 긴 한숨을 내쉬었다. 나는 혜진의 어머니가 다시 입을 열기를 기다리며 무심코 주위를 돌아보았다. 순간 보료 옆에 펼쳐진 신문에 내 시선이 갔다. 신문에 난 사진이 눈에 띄었기 때문이었다. 김혁수의 사진이었다. 내 시선이 그곳에 머무르고 있음을 눈치챘는지 혜진의 어머니가 신문을 펼쳐 내 앞으로 내밀었다.

"이 청년 아는 사람입니껴?"

그녀가 김혁수의 사진을 가리키며 물었다.

"개인적으로는 몰라도 누군지는 알고는 있습니다."

"이 청년은 우리 집안하고 아주 특별한 관계입니더."

나는 잠자코 듣기만 했다.

"이 청년 아버지와 돌아가신 혜진이 아버지는 형제보다 가까운 친구였심더. 그래서 양가에서 일찌감치 혼사 맺기로 약조를 했고, 무엇보다 본인들도 서로 좋아하고……."

나는 무슨 말을 하려다 말고 그녀의 눈을 뚫어지게 보았다. 불길한 예감이 나를 감쌌다. 그녀는 입을 다시 열 듯 열 듯하다가 다물었다.

"혜진 씨는 지금 어디 있습니까?"

내가 다급하게 물었다.

"이정훈 씨, 여필종부라는 말 들어봤지예? 나는 혜진이 아버지가 눈을 감기 전 남긴 유언을 꼭 지켜야 합니더. 그라고 혜진이도 한번 약속한 남자를 따라가야지예."

"그건 혜진 씨 본인에게 맡겨야지요."

내가 급한 마음에 불쑥 말했다.

"혁수 청년이 곧 얼굴 수술을 한답니더. 수술하면 지금보다 훨씬 나아진답니더."

그녀가 동문서답을 했다.

"자식의 행복은 부모도 책임질 수 없는 겁니다. 전적으로 당사자가 결정해야 할 문제예요. 혜진 씨가 어디 있는지 알려주세요. 혜진 씨를 당장 만나야 합니다."

"이젠 늦었심더."

그녀가 덤덤히 말했다.

"무슨 말입니까? 뭐가 늦었단 말인가요?"

나는 따지듯이 말했다.

"사흘 전에 혁수 청년 만나러 미국으로 떠났심더. 곧 결혼할 겁니더."

"그럴 순 없습니다."

나는 충격에 휩싸였다. 그때 혜진의 어머니가 문갑 서랍에서 봉투를 꺼내 나에게 내밀었다. 나는 봉투를 낚아채 얼른 뜯었다. 혜진의 편지였다.

사랑하는 정훈 씨에게

제 인생의 두 시점에서 저는 두 남자를 사랑했고 또 사랑을 받았어요. 그런 의미에서 저는 어느 누구보다 행운을 타고난 여자라고 생각해요.

그러나 그러한 행운은 저에게 너무나 과분한 것이었나봐요. 저는 인생에서 가장 아름다운 순간을 공유한 두 남자 중에 한 사람을 택해야 하는 기로에 서 있으니까요. 그러나 그런 선택이 어떤 불행을 가져오든, 제가 공유한 아름다운 순간 순간들을 생각하며 참고 견뎌야겠지요.

숙명! 네, 그래요. 아주 잔인한 숙명이에요. 그런 숙명이 저를 한 남자 곁으로 가게 하면서 가장 사랑하는 사람에게서 떠나게 해요. 이제 저를 더 필요로 하는 남자 곁으로 가려 해요. 당신은 그것을 사랑이 아닌 동정이라 부를지도 모르겠어요. 그러나 안심하세요. 당신의 사랑, 그토록 아름답게, 그토록 용감하게 베풀어준 당신의 사랑은 다른 어느 여인이 평생 동안 받는 사랑에 못지않아요. 한때 삶을 버리려 했던 저에게 당신의 사랑은 새로운 힘을 주었어요. 저를 다시 일어서게 했지요.

비록 짧은 시간 동안이었지만, 당신의 사랑은 제 마음속에, 제 몸속에 영원히 남아 있을 거예요. 언젠가 제 몸이 한 줌의 흙이 된다면 저에게 주신 당신의 사랑은 대기 중에 남아 있을 거예요. 우리가 사랑을 나눈 그 해변가 위의 대기 속에서, 우리 두 사람이 걸어다녔던 그 한적한 길 위의 대기 속에서. 그리고 시간이 다시 흘러 우리 두 사람의 사랑이 먼 옛날 일이 된다면 당신의 사랑은 우주의 대기 속으로 퍼져 그곳에 영원히 남아 있을 거예요.

작별의 말을 남기는 것처럼 어려운 것은 없는 것 같아요. 하지만 다시 생각해보면, 세월이 흘러가다 보면 세상 모든 사람이 작별을 하게 되지요. 세월의 흐름이 그렇게 하지요. 우리의 이별은 우리의 사랑을 때묻지 않은, 깨끗

한 것으로 영원히 남게 하는 그런 역할을 할 거예요.

그러나 추억…… 추억이 우리 두 사람을 괴롭힐 거예요.
그래요. 추억은 언제나 아픈 거예요.

당신을 사랑하는
혜진

나는 숨이 막힐 듯했다. 편지를 주머니에 집어넣고 자리를 박차고 일어났다. 신발을 신는 둥 마는 둥 하고 그집을 뛰쳐나왔다. 나는 골목길을 벗어날 때까지 한번도 뒤돌아보지 않았다.

* * *

경주를 떠나 서울로 향하는 기차를 탄 순간 나는 얼이 빠져 있었다. 방금 전 혜진의 어머니가 한 말과 혜진의 편지 내용을 어떻게 받아들여야 할지 알 수가 없었다. 마음 같아서는 서울에 도착하는 즉시 당장 비행기를 타고 미국으로 날아가 혜진을 만나고 싶었다.

다음 역에 도착했을 때 나는 승강장에 있는 매점에서

소주 두 병과 오징어를 샀다. 그녀가 나에게서 영원히 떠났을지도 모른다는 생각에 맨 정신으로는 도저히 견딜 수가 없었다.

소주 한 병을 비웠을 때쯤 나는 다소 느긋한 마음이 되었다. 오늘 오후 일어난 일이 누군가의 못된 장난으로 벌어졌다는 생각까지 들었다. 아무리 부모의 뜻을 받드는 딸이라 하더라도 혜진이 자신의 일생이 걸린 결혼 문제를 부모의 뜻에 무조건 따를 그런 바보일 리가 없다는 결론을 내렸다. 그리고 편지 내용도 혜진의 진심이 표현된 것으로 믿기 어려웠다.

나는 주머니에 쑤셔넣었던 혜진의 편지를 다시 차근차근 읽어보았다. 분명한 것은 나를 향한 혜진의 애틋한 사랑이었다. 나와의 헤어짐을 몹시 가슴 아파하는 감정이 편지에 짙게 묻어 있었다. 나는 읽던 편지를 내려놓으며 고통스러운 가슴을 달래기 위해 긴 한숨을 내쉬었다. 혜진의 작별 편지가 나에게 확실하게 남긴 것은 아무것도 없었다. 나를 향한 깊고 변함없는 사랑이 가슴을 파고드는 고통 이외에는.

소주 반 병을 더 비운 후에 무슨 일이 있어도, 어떤 짓을 하더라도 혜진을 놓칠 수는 없다는 결론이 마음속에서 내려졌다. 나는 술의 힘에 감사했다. 내가 탄 기차가,

황혼빛에 붉게 물든 들판을 가로질러 가는 기차가 서울에 도착하기 전, 그녀가 나에게 다시 돌아오도록 할 좋은 방안이 떠올라야 했다. 나는 의자를 비스듬히 젖히고 눈을 감았다. 잠시 후 빈속에 들이부은 소주가 몸속에서 극성을 부렸다. 나는 혼란스러운 수면에 빠져들어갔다.

꿈속에서 내가 본 것은 해변을 걸어가는 혜진의 나신이었다. 그 어떤 부와 명예도 가져올 수 없는, 오로지 전지전능하신 신만이 창조할 수 있는 아름다운 모습이었다. 그것은 세상의 모든 남자가 찾기를 원하는 그런 아름다움이기도 했다. 그때 갑자기 어떤 남자가 혜진한테 뛰어오고 있었다. 나는 있는 힘을 다해 혜진에게 도망가라고 소리를 쳤다.

눈을 번쩍 떴다. 옆 사람의 걱정스러워하는 시선이 느껴졌다. 잠꼬대를 했다는 것을 알아차린 나는 쑥스러운 마음에 창밖으로 시선을 옮겼다. 내 눈에 비친 바깥은 암흑이고, 내 귀에는 철로의 마찰음만이 점점 더 크게 들려왔다. 머리가 부서질 것 같은 두통과 함께 가슴이 허전해져왔다. 혜진과 다시 만날 수 없을지도 모른다는 생각, 이제 다시는 사랑할 수 없으리라는 예감, 그리고 혜진이 다른 남자의 품속에 안겨 있을지도 모른다는 불길한 상상이 가슴속을 후비며 파고들어왔다.

그 순간 나는 결심했다. 혜진을 만날 때까지는 더 이상 한 줄의 글도 쓰지 않겠다고. 그것은 내가 느끼는 고뇌에 대한, 상대가 분명치 않은 복수였다. 아마 그 복수의 상대는 나 자신일지도 모른다. 나는 글을 쓰지 않으면 나 자신이 파멸되리라는 것을 분명히 알고 있었고, 내가 파멸되면 그것이 누구 때문이었는지 분명히 기록으로 남기고 싶었기 때문인지도 모른다.

어쩌다 혜진을 만나 이런 가혹한 고통을 받고 있나, 나는 속으로 중얼거렸다. 그리고 나도 모르는 사이에 기억을 더듬어갔다. 그 기억의 출발점에 마이크가 서 있었다. 마이크는 내게 혜진을 만나도록 한 원인 제공자였다. 그 순간 한 가지 좋은 아이디어가 떠올랐다. 마이크가 미국에서 김혁수와 인터뷰한 적이 있으므로 마이크를 통해 혜진에게 나의 애타는 심정을 전하게 할 뿐만 아니라, 혜진의 심리상태를 알아보게 하자는 것이었다. 서울에 도착하는 즉시 마이크와 통화하기로 마음먹었다. 그러자 마음이 한결 가벼워졌다.

기차는 서울역 플랫폼으로 막 들어서고 있었다. 플랫폼을 지나가는 사람들의 표정은 놀랍게도 여느 날과 조금도 다름이 없었다. 그것은 충격이었다. 서울역에서 나와 택시를 탔다. 그저 멍한 기분이었다.

집필실에 들어서자마자 전화기 버튼을 눌렀다. 발신음이 몇 번 울렸다.

"뉴욕타임스입니다. 무엇을 도와드릴까요?"

교환원의 목소리가 들려왔다.

"한국 서울에서 거는 장거리 전화입니다. 주간지 문화부의 마이크 무어 씨를 부탁합니다."

"글쎄요. 아직 출근했는지 모르겠는데요. 문화부로 연결해드리지요."

발신음이 서너 번 울린 뒤 문화부 직원이 전화를 받았다.

"저, 마이크 무어 씨 좀 부탁합니다. 국제전화라고 전해주십시오."

잠시 후 헬로, 하는 마이크의 목소리가 들려왔다.

"마이크, 나 이정훈이에요."

"안녕하세요? 요새 어떻게 지내세요?"

"뭐, 그런대로……. 근데 갑자기 전화 건 이유는 다름이 아니라……."

나는 잠시 머뭇거렸다.

"마이크, 마이크의 도움이 꼭 필요합니다."

"무슨 일인데요? 내가 할 수 있는 일이라면 최선을 다할게요."

"마이크, 믿기 어렵겠지만 내가 사랑에 **빠졌어요**. 그것도 절망적인 사랑에."

"누구? 혜진 씨?"

그럴 줄 알았다는 그의 어투에는 어떤 빈정거림마저 스며들어 있었다.

"마이크, 나는 매우 심각해요. 나에겐 생사가 걸린 문제나 다름없어요."

"그럼, 내가 할 일은 뭔데요?"

나에게서 어떤 심각함이 느껴졌는지 마이크의 말투가 달라졌다.

"믿지 못하겠지만, 혜진 씨가 내 곁을 떠났어요. 사흘 전에 미국에 있는 김혁수란 사람에게로……."

"……."

"혜진 씨가 나에게 한마디 말도 하지 않고 편지만 남겼어요. 편지의 내용으로 보아 나에 대한 혜진 씨의 사랑은 변함이 없음을 확인했지만."

"그럼, 무슨 이유로?"

"혜진 씨의 어머니가 미국에 있는 김혁수에게 가라고 강요한 모양이에요."

"그랬어요? 난 그녀를 동양 여자치곤 아주 독립적이라고 느꼈는데……."

마이크가 믿어지지 않는다는 투로 말을 끌었다.

"마이크에게 부탁하고 싶은 것은 바로 이거예요. 우선 만나서 내가 혜진 씨 없이는 살 수 없다고 전해주세요. 그리고 혜진 씨의 근황과 심경을 알려주고요."

"혜진 씨가 나를 쉽게 만나줄는지……."

"김혁수와 인터뷰하는 형식으로 좀 만나주세요. 어려운 부탁인 줄 알고 있어요. 생사가 걸린 문제가 아니라면 이런 어려운 부탁은 하지도 않을 거예요."

"내가 김혁수 씨 전화번호를 알고 있는데 정훈이 직접 전화하면……."

"내 심정으로는 날아서라도 당장 그곳에 가고 싶어요. 그러나 잘못하면 일을 그르치거나, 혜진 씨에게 폐가 될까 봐 마이크에게 부탁하는 거예요. 제발……."

"그럼, 내가 한번 연락해볼게요."

"매우 급해요. 혜진 씨가 곧 결혼한다고 했어요."

"알겠어요. 바로 전화해보지요."

"고마워요. 평생 은혜를 잊지 않을게요. 혜진 씨 없이는 살 수 없다는 말을 꼭 전해주세요. 오늘 집필실에서 잘 거니까 꼭 연락 부탁해요."

마이크와 전화통화를 하고 나자 일단 마음이 홀가분해졌다. 이제 마이크로부터의 소식을 기다릴 수밖에 없었다. 나는 때로 늦게까지 일할 때에 침대로 사용하는 소파에 드러누웠다. 몸이 나른해지고 잠시 잊어버렸던 두통이 다시 찾아왔다. 나는 아스피린을 먹고 눈을 감았다.

따르릉, 하는 전화벨 소리에 벌떡 일어나 수화기를 들었다.

"어쩐 일이야? 이렇게 늦게까지 집필실에 있으니…….무슨 대작이라도 집필 중이신가?"

떠들썩한 소음에 섞여 미정의 혀 꼬부라진 소리가 들려왔다.

"그냥 쉬고 있었어. 거긴 어디야?"

"뻔한 데지 뭐. 내가 갈 데가 어디 또 있겠어? 똑같은 패거리들하고 똑같은 장소에서 허튼소리를 지껄여대며 허송세월하고 있지."

미정이 장난기 어린 목소리로 말했다. 똑같은 장소란 진보 성향을 띤 문인들과 재야 운동권 학생 출신들이 주로 모이는 인사동 술집이고, 똑같은 패거리란 대학 영문과 동기들이라는 사실을 나는 알고 있었다.

"이렇게 늦은 시간에 웬일이야?"

내가 짜증스러워하며 말했다.

"이곳에서 들으니까 정훈이 네가 사랑에 빠졌다던데?"

"그건 또 무슨 소리야?"

나는 적이 놀라서 물었다.

"괜히 시치미 떼지 마. 이 동네 소문이 얼마나 빠른 줄 잘 알잖아. 젊은 친구들 얘기 들으니까 정훈이 너도 보통내기가 아니던데?"

"젊은 친구는 누굴 의미하는 거야?"

"김혁수 씨의 후배들. 같이 포장마차에 갔었다던 데……."

그때서야 혜진과 포장마차에 같이 갔던 김혁수의 후배라는 사람들이 떠올랐다. 동시에 미정이 그들에게서 김혁수와 혜진에 관한 새로운 소식을 들었을지도 모른다는 생각이 들었다.

"지금 좀 급히 만날 수 있겠어? 꼭 만나 의논할 게 있어."

내가 애원하듯 말했다.

"좋아. 우리 동네에 있는 카페 'c.c.'로 와. 30분 내로. 나도 지금 바로 출발할게."

미정이 전화를 끊었다.

내가 카페 'c.c.'로 들어섰을 때 미정은 이미 와서 기다리고 있었다. 하지만 내 기대와는 달리 미정은 혜진과 김혁수에 관한 새로운 소식을 알고 있지 못했다. 우연히 술집에서 그 친구들이 떠드는 소리를 듣고 전화를 걸었다는 것이었다. 적이 실망이 되었다. 그냥 헤어지려다가, 내 부탁에 득달같이 달려온 미정의 성의가 고마워 그냥 대화를 이끌어가려고 그녀와 연관된 사적인 질문을 던졌다.

"결혼을 독촉하는 아버지의 성화에 시달리지 않아?"

"왜 아니겠어. 나날이 심해지지. 아버지를 보면, 남자는 나이가 들수록 젊은 시절의 장점이 오히려 약점으로 변색되는 것 같아."

"어떻게?"

미정의 표정이 아주 밝아 보여 그녀와 같이 있으면서 대화를 하고 싶었다.

"젊은 시절의 활력은 주책이 되고, 야심은 과욕, 경쟁심은 이기심, 관대함은 인색함으로 변하는 듯해. 특히 인색함이 두드러지는 것 같고."

"네가 결혼하면 아버지의 그 약점이 다시 장점으로 바뀔지 몰라."

"그런데 난 결혼 안 하기로 결심했어. 아버지는 아직 모르고 있지만."

"무슨 이유로?"

"우리 큰올케의 삶을 옆에서 보면서 결심했지."

"큰올케는 어떤 여잔데?"

"큰올케는 영재였어. 고등학교 때는 수학 실력이 대단했고, 대학 시절에는 철학 쪽에 두각을 나타냈지. 그녀는 아주 괜찮은 철학자가 될 능력을 가진 여자였어. 거의 모든 철학자가 젊은 시절에 고급 수학으로 두뇌를 단련시켰다는 사실은 알고 있지?"

미정이 왠지 모르게 비장한 결심을 한 표정이라 나는 고개를 끄덕여주며 맞장구를 쳐주었다.

"라이프니츠는 미분학의 아버지야. 그가 강조하는 "the best of all possible worlds"라는 개념은 내가 가장 좋아하는 철학 이론 중의 하나야. 실제 세상이 결과적으로는 최상이라는 거지. 아주 긍정적으로 세상을 살 근거를 나에게 제시해주었어."

"한국이 선진국이 되는 건 간단해. 수학으로 훈련된 여자들의 머리를 이용하면 되는 거야…… 육아? 그건 전문가에게 맡기면 돼…… 큰올케처럼 애를 두서넛 놓고 때만 되면 무식한 시부모에게 아이들 데리고 가서 아첨 떠는 나를 상상해보았어? 왜 아첨 떠느냐고? 돈이 필요한데 어쩌겠어? 돈은 휴대용 권력이야. 무자비하게 남용되는 주머니 속의 권력이야. 수표 몇 장 꺼내 흔들면서

엄청난 권력을 행사하지. 사회적으로 유능한 여자를 가정의 노예로 만드는 거야."

"아이들에겐 엄마가 필요하잖아?"

"한국의 아이들은 잔인한 부모의 경쟁도구에 지나지 않아. 그 애들이 커서 부모에게 고마워할 것 같아? 천만에. 로마제국의 노예 검투사가 자기 주인에게 고마워할 것 같아?"

"돈 때문에 시부모에게 아첨할 필요가 없는 젊은 부모도 많잖아?"

"우리 세대는 한 사람이 벌어서 애들 공부시킬 수 없는 세대야. 부동산 폭등으로 졸부가 양산된 시기는 우리 전 세대로 끝났어. ……돈이 뭔 줄 알아? 누군가 말했잖아, 여섯 번째 감각이라고. 그것 없이는 인간의 다섯 감각은 무용지물이야. 빈곤이란 암이지. 인간의 영혼을 좀 먹는 암이야."

"부모가 자식에게 그렇게 각박하지 않아. 너무 너그러워 자식을 타락시키는 경우도 많아."

"우리 부모는 오빠 가족에게 그렇게 하지 않을 거야. 오빠 가족도 알고 있을 거야. 우리 부모가 움켜쥔 돈은 절대로 놓지 않을 거라고…… 언제까지냐고? 백수를 작정하고 시간을 끌다가 돈 관리를 정 할 수 없게 되면 놓을 수도 있어. 그런 다음 자식과 며느리에게 고마워하라고? ……이제 오빠 내외도 다 늙어 돈이 별로 필요 없는데 고마워하겠어? 돈 몇 푼 쥐여주면서 며느리가 그렇게 아양을 떨게 하더니…… 이젠 그나마 저승에 가져가지 않고 남겨준다고 고마워하라고?"

"여자가 혼자 사는 것도 생각처럼 쉽지 않을 거야."

"아무리 어렵더라도 그건 확실히 더 나은 선택이야. 결혼해서 아이들이 태어나는 순간부터 한국 여자의 일생은 정해지는 거야."

"어떻게?"

"유모 역할을 하다가 그다음 보모, 다음으로는 아이들의 운전기사나 남편의 요리사 내지는 집사 정도…… 그러다 나이 든 남편이 은퇴해 집에 들어앉으면 남편의 개인용 하녀나 혹은 무보수 간호사 정도…… 그러다 운이 좋아 팔십 노인이 되어 혼자가 되면 마침내 자유인이 되었다고 쾌재를 부를지 모르지만 그건 오산이야. 일생의 노역이 필연적으로 가지고 오는 말년의 육체적 병마로 시달리다 일생을 끝내게 되어 있어."

"평생을 남편의 사랑을 받으면서 행복한 삶을 사는 여자들도 많아."

"그런 여자는 피츠제럴드가 『위대한 개츠비』에서 문학

194

적으로 잘 형상화했어."

"어떻게?"

"개츠비의 연인이 어린 딸을 보고 '예쁘기만 한 바보가 돼라'고 했어…… 바보라야 남편에게 계속 속아넘어가고 남편을 최고로 알아 행복할 수 있다는 거야."

"이젠 그만하면 됐어. 내가 너의 결단에 박수를 보내지."

나는 미소 속에 박수를 쳤다. 그제서야 미정이 나에게 처음으로 보인 격정이 가라앉는 듯했다.

잠시 우리 둘 사이에 침묵이 흘렀다.

"내 이야기는 그만하면 됐고, 혜진 씨와는 어떻게 되어가는지 얘기해줄 수 있어?"

미정의 부탁에 어쩔 수 없이 혜진과의 관계에 대해 대충 얘기할 작정으로 말을 꺼냈다. 그러나 애초에 이야기를 꺼낸 것이 실수라는 것을 나는 시간이 지나면서 깨달았다. 말이 말을 낳는다고, 이야기하면서, 또 미정이 가끔씩 던지는 질문에 답을 하면서 나도 모르게 감정이 북받쳐올라 지금까지 일어났던 일을 거의 다 털어놓고 말았다. 그리고 결국 미정에게 눈물을 보이고야 말았다.

"어떻게 해야 좋을지 모르겠어."

나는 눈물을 보이지 않으려고 고개를 숙이며 말했다.

미정이 손수건을 건네주었다.

"그 여자와 헤어질 때 아무런 눈치도 못 챘어?"

잠시 사이를 두었다가 미정이 물었다.

"전혀. 혜진 씨 아파트 앞에서 내가 전화하겠다고 했고, 그녀는 전화를 기다리겠다고만 했어."

"그 얘기 하기 전에 무슨 다른 얘기는 없었어?"

미정의 집요한 질문공세에 나는 짜증이 났다.

"별 얘기 없었어. 난 단지 그녀에게 비밀을 털어놓았을 뿐이야."

"무슨 비밀?"

"그녀의 일기를 몰래 보았다는 고백을 했어."

"왜 그 얘기를 했어?"

미정이 한심스럽다는 듯한 눈빛으로 나를 쳐다보았다.

"그녀에게 어떤 비밀도 숨기고 싶지 않아서야."

우리 사이에 침묵이 흘렀다.

"내가 한번 혜진이라는 여자라고 가정해볼까? 만약에 말이야, 만약 내가 한 남자를 진실로 사랑했는데, 그 남자가 내가 숨기고 싶은 비밀을 알고 있다면…… 나라도 그 남자 곁을 떠났을 거야."

"그게 무슨 말이야?"

나는 미정의 말이 무슨 뜻인지 이해할 수 없어 다시

196

물었다.

"한때 사랑했고 지금은 불행하게 된 김혁수 같은 남자를 내가 잔인하게 버렸다는 사실을 알아버린 이상, 내가 사랑하는 또 다른 남자는 결코 나를 완전하게 사랑할 수 없을 거라고 생각했을 테니까……."

순간 나는 무언가로 한 대 얻어맞은 듯 멍해졌다.

"과연 그럴까……?"

내 머릿속은 더욱 혼란스러워졌다. 미정의 말대로라면 내가 그녀의 일기장을 몰래 보았다는 사실을 밝힌 것이 그녀와 이별하게 된 단초가 되었다는 게 아닌가?

순간 온몸에 경련이 일어나는 것 같았다. 음주운전을 하다가 횡단보도를 건너는 사람을 치어 불구자로 만들었다면 이런 느낌일까? 한순간의 실수로 한 사람의 일생을 망치고 자신에게 파멸을 가지고 올 음주운전자가 바로 나 자신처럼 느껴졌다.

"정훈아, 여자의 입장에서 바라본 여자의 생각이 더 진실에 가깝지 않을까? 그 여자는 어머니 강요 때문에 떠난 게 결코 아니야."

확고한 어조로 이 말을 남기고 미정은 자리에서 일어났다.

미정과 헤어져 집필실로 돌아오자 임형신이 보낸 소포가 와 있었다. 바로 서귀포에서 찍은 해저 사진이었다. 이 사진을 보는 순간 나는 더욱 처절한 심정이 되었다. 혜진에게 선물하기 위해 찍은 이 사진을 과연 그녀에게 전해줄 수 있을까?

나는 미정이 내린 결론으로 괴로움에 시달리다가 소파에서 밤늦게 잠이 들었다. 갑자기 머리가 아파와 눈을 떴을 때는 이미 아침 햇살이 집필실 안을 가득 채우고 있었다. 나는 손목시계를 보았다. 8시 30분이 지나고 있었다.

화장실에 갔다 오다가 문득 팩스기 쪽을 바라보았다. 팩스 용지가 삐죽이 나와 있었다. 내가 자는 동안 전송된 것 같았다. 나는 얼른 팩스 용지를 들었다. 마이크에게서 온 것이었다. 나는 서둘러 내용을 읽어내려갔다.

혜진과 김혁수를 오늘 만났습니다. 그들의 결혼 날짜는 다음주 월요일로 잡혀 있고요. 그들은 매우 행복해 보였어요. 또한 정훈이 전하라는 말을 지나가는 말처럼 혜진에게 전했지요. 혜진은 미소를 띠며 나에게 무심히 속삭였어요.

"세월, 오로지 세월만이 모든 것을 해결해줄 거예요. 세월이 흐르면 점차 잊힐 것이고, 그리고 용서하게 될 것입니다."

그들에게 세상의 모든 행복이 깃들기를 기원하는 내 마음을 이해해주기 바랍니다. 그리고 그들이 그렇게 되리라고 나는 확신해요.

나는 다급히 마이크의 팩스 내용을 다시 읽어 내려갔다. 혜진이 내 곁을 떠난 이유가 어머니 강요 때문이었는지, 아니면 미정의 생각처럼 내가 그녀의 일기장을 몰래 본 것 때문인지는 알 수가 없었다. 하지만 분명한 것은 그녀가 완전히 내 곁을 떠났다는 사실이었다. 그것은 전화로 통화를 하는 대신 팩스로 메시지를 전한 마이크의 의도에서도 명확히 드러났다. 마이크가 이 문제에 관한 한 더 이상 이야기할 필요도 없이 확신을 갖고 있다는 의미였다. 나는 팩스 용지로 얼굴을 감싸며 소파에 몸을 던졌다. 순간 걷잡을 수 없이 눈물이 쏟아지기 시작했다.

* * *

6개월 동안 나는 그녀가 마이크를 통해서 전해준 말,

"세월이 모든 것을 해결해준다"는 말을 증명하려고 최선의 노력을 다했다. 그 반년 동안 단지 내가 전지전능하신 신에게 간절히 바란 것은, 나를 바보로 만들어 아무 생각도 할 수 없는 상태에서 세월이 빨리 흘러가게 해달라는 것뿐이었다.

그렇다고 신에게만 의지하고 아무것도 하지 않은 것은 물론 아니었다. 나는 나름대로 최선을 다했다. 지난 6개월 동안 항상 새로운 여자와의 사랑놀음에 빠져 있거나, 그렇지 않으면 사랑놀음의 상대를 결정 못해 망설이며 보냈다. 하나, 사랑놀음은 비록 그것이 '놀음'이라 하여도 쉬운 것이 아님을 곧 깨닫게 되었다. 세상에 태어나서 처음으로 경험한 혜진의 아늑한 품을 잠시인들 어디서 다시 찾을 수 있겠는가!

그랬다. 정말로 나는 내 몸과 마음을 다 바쳐 사랑할 여자를 찾아다녔다. 혜진에게 서슴없이 준 내 사랑이 하찮은 것이었다고 자위할 만한 상대를 찾아 밤낮으로 헤맸다. 그러나 그 많은 여자에게서 내가 찾아낸 결론은 결코 다른 사람을 사랑할 수 없다는 것뿐이었다.

절세의 미모를 자랑하는 어느 탤런트를 알게 되었지만 그 미소가 싫었다. 플라스틱으로 찍어놓은 듯한 그녀의 미소는 어떤 상황에서도 똑같은 미소, 똑같은 의미를 지니고 있었다. 그것은 허식이었고 위선이었다. 비록 그녀가 미소 지을 때 드러나는 희고 고른 치아가 눈여겨볼 만하다 해도, 비록 그녀가 짓는 미소가 카메라 렌즈를 통해서는 아무리 아름답고 자연스럽게 보일 수 있다 해도, 내 눈에 비친 그녀의 미소는 기껏해야 잘 훈련된 것으로밖에 보이지 않았다.

미소뿐만이 아니었다. 많은 것들이 나를 거슬리게 했다. 어떤 여자는 발 생김새가 마음에 들지 않았고, 어떤 여자는 목소리에 강철음이 섞여 있었고, 어떤 여자는 손놀림이 너무 경박스러웠고, 어떤 여자들은 너무 크든지 너무 작은 가슴을 가지고 있었다. 그러한 이유만이라면 그래도 나는 사랑을 줄 상대를 찾았을지 모른다. 그렇다. 외모 정도야 그런대로 내 의지로 이겨낼 자신이 있었다. 그러나 결코 이겨낼 수 없는 것이 있었다.

그 희열! 두 몸이 한몸이 되었을 때 혜진이 내지르는 희열의 신음. 그리고 그 신음이 나의 가슴속에 불을 지핀, 두려움을 모르는 순간적인 격정. 그 눈동자! 세상에서 오로지 나만을 이해하던 눈동자. 그리고 그 눈동자가 나에게 준 자신감. 그 미소! 사랑에 흠뻑 빠진 여자만이 지을 수 있는 그 미소. 그리고 그 미소가 나에게 준 은은한 행복감……. 이 모든 것은 결국 사랑이었고, 그런 사

랑은 일생에 한 번 한 여자에게서만 찾을 수 있는 것이
었다.

비참하게도 이러한 판단은 혜진을 향한 더 큰 그리움
으로 이어졌고, 그 그리움은 얼마 안 있어 나 자신을 향
한 혐오감으로 바뀌었다. 그리고 그 혐오감은 그녀가 알
면 나를 인간쓰레기로 취급할 파렴치한 행동으로 나타났
다. 나는 제멋대로 먹고 마시고, 제멋대로 짖어대고, 제
멋대로 흘레하는 한 마리 들개가 되어 있었다.

"우리 호텔에서 잠깐 쉬었다 가요."

언젠가 같이 술을 마셨던 어떤 여자가 내 옆을 걸으면
서 이렇게 말을 건넸다. 나는 처음에는 못 들은 체했다.

"호텔에서 쉬었다 가지 않을래요?"

여자가 다시 말했다. 내가 그 자리에서 그녀의 눈을
응시했다.

"아직 자기는 이혼하지 않았잖아?"

"별거 중이니 이혼한 거나 마찬가지예요. 저는 상관없
어요."

"자기는 상관없을지 모르지만 나는 상관있어."

"왜요?"

"내 죄의식은 어떻게 할 거야? 혹시 남편이 알게 되어
상처를 입으면 말이야."

202

"소설 쓰는 분이 그런 죄의식에 겁을 내요?"

여자가 중얼거렸다.

나는 앞장서 호텔로 갔다. 그때 나는 죄의식에 시달리기를 원했다. 죄의식이 밤마다 나를 찾아와 내 양심을 맘껏 괴롭혀주기를 바랐다.

"오늘 저녁 아파트에 올 거면 미리 연락 주세요."

얼마 전부터 만나기 시작한 여자의 상냥한 말에 나는 고개를 끄덕였다. 큰 건물 앞에 막 도착한 내 차는 여자가 내리자 곧 그곳을 떠났다. 외국에서 공부를 했고 지금은 외국인 회사에서 일하는 그녀는 분명히 나를 좋아했다. 그녀는 그것을 사랑으로 오해하고 있는 것 같았으나 내가 알기로 그것은 사랑이 아니었다. 그것은 욕정이었다. 우리의 사랑행위에 묘한 특색이 있다면 나는 항상 술에 취해 그녀를 찾았고, 그녀는 술에 취한 나와의 사랑행위를 즐겼다는 점이다. 그녀를 더 길게, 더 깊은 오르가슴에 달하게 하는 나의 취중 사랑행위가 단순한 배설행위라는 것을 그녀는 깨닫지 못했다. 그날 이후 한 번도 그녀에게 연락하지 않았다.

내 집필실을 어떻게 수소문했는지 2주일 만에 그녀가 찾아왔다.

"우리 서로 사랑했잖아요?"

헤어지자는 나의 말에 그녀가 울먹이면서 말했다.

"서로 보지 않아도 마음만으로도 사랑을 할 수 있어."

내가 그녀의 시선을 피한 채 거짓말을 했다.

"그렇지 않아요. 정훈 씨를 보지 않곤 숨도 쉴 수 없을 거예요."

그녀가 내 가슴으로 파고들며 말했다.

"그럼, 솔직히 말하는 수밖에 없군. 내겐 사랑하는 여자가 있어."

여자가 나를 올려다보더니 품 안에서 빠져나와 내 눈을 응시했다. 그녀는 아마도 일생 동안 보아온 어떤 눈빛보다도 더 잔인한 내 눈빛을 보았을 것이다. 그녀의 오른손이 내 뺨을 스쳐갔다. 한 달 동안 불태운 우리의 욕정은 그렇게 해서 끝이 났고, 나는 죄 없는 여자에게 마음의 상처만 남겼다.

"나는 후세에 남을 단편 두서너 개는 쓸 자신이 있어. 이제부터 시작이야. 지금까지 쓴 것은 아무것도 아니야. 앞으로 내가 쓸 것에 비하면 모두가 쓰레기지."

한번은 대학 영문과 졸업반 여학생을 앞에 앉혀놓고 내가 술에 취해 흥분하여 떠들어댔다.

"어떤 스타일의 단편소설이에요?"

"모파상의 「목걸이」, 오 헨리의 「크리스마스 선물」, 토마스 만의 「베니스에서의 죽음」, 헤밍웨이의 「킬리만자로의 눈」 같은 소설 말이야."

"「킬리만자로의 눈」은 왜 좋은 단편이에요?"

"장편 3개를 응축시켜놓은 것 같은 단편이기 때문이지."

"언제 쓰실 건데요?"

"첫 작품은 구상이 끝난 거나 다름없어. 쓰기만 하면 되는 거야."

"어떤 내용인데요?"

"순진함에 관한 거야. 이 세상에서 변하지 않는 아름다움이 뭔지 알아? 순진함이야."

"더 자세히 알고 싶어요."

여대생은 흠모의 눈길을 주며 나에게 애원하듯 말했다. 나는 잠깐 생각에 잠겼다. 무슨 거짓말이라도 끼워맞춰야만 했다. 때마침 언젠가 소설거리로 쓰겠다며 머릿속에 넣어두었던 대화가 생각났다.

"스토리는 간단해. 대학 입학시험에 정신적 압박을 받는 순진한 여학생이 있었어. 우여곡절 끝에 결국 그 여학생이 자살을 하겠다고 샛강으로 들어갔지. 겨울이었

어. 그 애가 행방불명되자 집안이 발칵 뒤집어졌지. 집
안 어른들이 다 모였어. 그런데 그 애는 저녁 무렵 진흙
투성이가 된 몸으로 아무 일 없었다는 듯 집으로 들어서
지. 그런 손녀에게 할머니가 반가움 속에 묻지. '너 어디
갔다 오는데 진흙투성이야?' '샛강에요.' 손녀가 고개를
숙인 채 조용히 답하지. '샛강에는 왜?' 할머니가 탓하는
투로 묻지. '죽으려고요.' 손녀는 아무렇지도 않다는 듯
답하지. 할머니가 손녀의 당돌함에 화가 나 다시 묻지.
'그럼, 왜 도로 나왔어?' '너무 추워서요.' 손녀가 고개를
숙이며 답하지."

나는 말을 끝내면서 여대생의 눈시울이 붉어져 있음을
보았다. 나는 그녀가 나를 사랑한다는 확신을 얻었다.

"'다이얼로그'가 중요한 거야. 소설에서는 백 마디 서
술보다 몇 마디의 '다이얼로그'가 더 큰 역할을 해."

여대생이 나에게 흠모의 눈길을 주었다. 나는 그것을
즐겼다. 그리고 그녀의 청순함도, 입술도, 그리고 그녀
의 모든 것이 나에게 잠시 동안이나마 가져다준 망각의
힘도 나는 필요로 했다.

"우리 아버지 한번 만나보시지 않을래요?"

어느 날 공원을 걸으면서 그녀가 말했다. 그 순간 나
는 나에게 위안을 준 그녀의 망각의 힘도 이제 끝이 났

다는 것을 알았다.

사업가 동생을 둔 어느 선배 여성 문인의 부탁으로 참석한 재벌 2세 부인들의 모임에서였다. 술이 얼근히 취했을 때 한 부인이 접근해왔다.

"읽을 만한 외국 장편소설 하나만 추천해주세요."

"마르케스의『백년 동안의 고독』을 읽어보세요."

"그 이유는요?"

잠시 생각에 잠겼다가 말문을 열었다.

"소설에 이런 구절이 있어요. 침울하고 비관적인 사고를 가진 작중인물이 언제부터인가 쾌활하고 낙관적인 성격으로 바뀌었다는 거예요. 바로 다른 사람을 축하하는 데 기쁨을 느끼고, 돈을 쓰는 데 기쁨을 느끼기 시작하고부터 그렇게 되었다는 거예요."

부인이 어리둥절한 표정을 짓자 나는 말을 계속했다.

"작가는 자신이 획득한 지혜를 독자에게 전하는 거예요. 인간은 시기심 때문에 다른 사람을 축하하는 것에 괴로워하고, 인색함 때문에 돈을 써야 하는 것에 못 견뎌 하지요. 그것이 또 사람을 불행하게 만들고요. 작가는 그것을 깨닫고 독자에게 불행을 기쁨으로 바꾸는 지혜를 슬그머니 전해주는 거지요. 마치 저항할 수 없는 세뇌작업과 같지요. 반드시 소설의 큰 줄거리와 주제만 중요한 게 아니지요. 좋은 소설가는 심리학자, 철학자, 사회학자가 동시에 되어야 해요."

얼마 후 그 부인으로부터 전화가 왔다. 실제로 다른 사람을 축하하는 것과 돈을 쓰는 것을 기쁨으로 받아들이고 보니 자신의 삶이 밝아졌다는 것이었다. 고마움을 표시하고 싶어 한잔 사겠다는 그녀의 제의를 나는 단호히 거절했다. 내가 아무리 저질스러운 인간이 되었다 하더라도 나 자신을 재벌 2세 부인의 노리갯감으로 전락시킬 수는 없었다.

그래도 내가 사랑에 가장 가깝게 갔던 여자는 어느 안마시술소에서 일하는 파트타임 매춘부였다. 친구와 같이 가 네댓 번밖에 만나지 않았지만 나는 거의 사랑에 빠질 뻔했다. 처음에는 혜진과 비슷한 몸매에 관심을 가졌으나 나중에 가서는 그 이유 때문만은 아니었다. 아마 둘다 산산이 부서져버린 인간이라는 데서 온 공감대에 마음이 이끌렸던 것 같다. 그러나 나중에 안 일이지만 그것은 내 생각에 불과했다. 그녀는 그렇게 생각한 것 같지 않다. 부서져버린 인간이라고 생각하기는커녕 그녀는 자신의 직업에 대한 자부심과 만족감으로 충만해 있었다. 내

가 그녀에게 품은 특별한 사랑의 마음은 오히려 그녀에게
나를 경멸해도 된다는 자신감만 주었던 모양이다.

어느 날 나는 안마시술소에서 샤워를 한 후 빈방에서
로브를 걸친 채 그녀를 기다리고 있었다.

"나를 선택했으면 좀 참을 줄도 알아야 해."

그녀가 방으로 들어서며 오랫동안 기다리던 나의 얼굴
빛이 좋지 않은 것을 보고 한 말이었다. 나는 얼굴 표정
을 바꿔 미소를 지어 보였다. 나는 그녀가 입에 문 담배
에 불을 붙여주었다. 그리고 그녀가 담배를 다 피울 때
까지 기다렸다.

"나 잠깐 나갔다 올게. 점심도 안 먹었단 말이야."

그녀가 자리에서 일어나며 퉁명스럽게 말했다.

"여기서 시키면 안 될까?"

"친구하고 같이 먹기로 했어. 남자가 왜 그렇게 참을
성이 없어."

그녀는 자리에서 발딱 일어나 뒤도 돌아보지 않고 방
을 나갔다. 그녀가 나간 후 나는 옷을 주섬주섬 주워 입
고 그곳을 나왔다.

안마시술소에서 나왔을 때는 장대비가 쏟아지고 있었
다. 나는 비를 맞으며 어둠이 깔린 거리를 걸었다. 안타
까움! 그렇다. 그녀를 마지막으로 본 날 저녁 내가 느낀

것은 안타까움이었다. 아! 여자의 어리석음이란! 자기를 사랑하는 남자를 경멸하고, 자기를 경멸하는 남자를 오히려 사랑하는 여자의 마음……. 그녀가 나에게 조금만 더 친절하게 대해주었더라면 몸과 마음을 다 바쳐 그녀를 사랑했을지도 모르는데……. 그래서 혜진을 잊어버릴 수도 있었을지 모르는데…….

* * *

그다음 6개월 동안 나는 해외여행을 하면서 많은 시간을 보냈다. 동료 문인들이 팀을 만들어 떠나는 여행이면 무조건 따라나섰다. 혜진과의 추억이 떠오르는 곳에서 멀리 떨어져 있고 싶기도 했지만, 그것보다는 혼자 있는 것 자체가 싫었다. 동료 문인들과 같이 비행기를 타고, 기차를 타고, 버스를 타고 다니면서 그들의 위트 있는 농담은 물론이고 독기 서린 빈정댐 속에서도, 나는 그들이 창작의 속박으로부터 벗어난 홀가분한 기분임을 알아챌 수 있었다. 나도 혜진의 생각에서 벗어나 그들과 같이 웃고 떠들고 마셔댔다.

석양의 붉은 하늘을 뒤로 두고 있는 이집트의 스핑크스 앞에 서자 어떤 구절이 떠올랐다.

"5천 년 동안 이곳에 있으면서 무엇을 보았느냐?"

내 소설 속의 주인공이 우뚝 솟아 있는 스핑크스를 올려다보며 물었다.

"나는 내 앞에 우뚝 서 있던 역사의 인물들을 보아왔다."

"그들에게서 무엇을 보았느냐?"

"알렉산드로스의 젊음의 눈을 보았고, 카이사르의 지적인 눈을 보았고, 그리고 나폴레옹의 불타는 눈을 보았다."

"그리고 또 무엇을 보았느냐?"

"또한 나는 5천 년 동안 계속된 절망을 보았다."

스핑크스가 대답했다.

다시 생각해보니 그것은 꽤 의미 있는 구절로 여겨져 마음이 흐뭇해졌다. 앞으로 이런 구절을 다시 쓸 수 있을까? 나는 고개를 저었다. 그것이 나를 우울하게 했다.

아프리카 대륙의 케냐에서, 동이 트기 시작하는 마사이 마라(Masai Mara) 대초원 위를 벌룬이 바람에 따라 서서히 날아갔다. 벌룬 밑 박스 안에서 나는 지상을 내려

다보았다. 떼를 지어 마실 물을 찾아가는 야생동물들의
느긋한 움직임을 보았다. 그것은 인간이 훼손시킨 자연
의 장엄한 부활이었다.

그리고 동이 트면서 서서히 자태를 드러내는 킬리만자
로의 웅장한 모습을 초원에 서서 바라보면서 나는 한 위
대한 작가의 다이얼로그를 입속으로 읊고 있었다. 특히
절묘한 표현인 '부족한 것(the lack of)'이라는 대목을 반복
해서 읊었다.

"작가에게 해가 되는 실제적이고 구체적인 것이 무엇인
지 말해주시오."

〔『아프리카의 푸른 언덕(Green Hills of Africa)』에서 소설
속의 작중인물을 통해 헤밍웨이에게 던진 질문이었다.〕

"정치, 여자, 음주, 돈, 야망. 그리고 정치, 여자, 음주,
돈, 야망이 부족한 것."

"다른 것은 몰라도 음주가 왜 필요하오? 나는 항상 음주
란 어리석은 것으로 보고 있소. 내가 이해하기로 음주는
약점이오."

"음주란 하루를 끝내는 한 가지 방법이오. 음주도 좋
은 점이 많소. 당신의 견해를 가끔 바꿔보고자 한 적이 없
소?"

다이얼로그 옮기를 끝냈을 때 문득 한 문장이 떠올랐다. "a thousand years makes economics silly"라는 문구인데, 문학을 가장 중요하게 여기는 헤밍웨이의 열정을 그의 소설 안에서 만났을 때 나의 젊은 피는 문학을 향해 돌이킬 수 없이 들끓었다. 그리고 2천여 년 전 쓰인 플라톤의 「심포지엄(Symposium)」을 읽었을 때 그 책 안에서 소크라테스가 "인간은 자신이 부족한 것을 사랑하게 되어 있다"라고 말했을 때 그의 말에 박수를 보냈었다. 자신의 짝의 장점이 자기 것이 되고, 그러면 그 장점을 사랑할 수 없기에 결국 사랑이라는 격정은 지속될 수 없음을 깨달았기 때문이었다.

평생의 꿈을 포기해야 하는 안타까움! 뼈에 스며드는 아쉬움에 가슴이 터질 것 같았을 때 붉은빛이 감도는 대기가 킬리만자로의 중턱에 잠시 머물렀다. 주위의 웅성거림이 뚝 그쳤다. 모든 것이 한순간 정지되어 있었다. 대기의 움직임과 우리의 숨소리까지도. 산중턱을 평화롭게 질러가는 한 무리의 새들이 우리의 시선을 잡았다. 그들은 마치 기지개를 켜며 깊은 잠에서 깨어나는 자연을 찬미하듯이 유유히 날아가고 있었다.

나의 두 눈은 그 순간을 분명하게 포착했다. 어느 거장이 그린 명화에서도 포착할 수 없는 그 무엇을 내 가

습속 깊이 담았다.

 웅장한 절벽에서 거대한 폭포수가 줄기차게 쏟아지는 남미의 이과수 폭포 아래로 우리들이 탄 스피드 보트가 달려나갔다. 청각을 마비시킬 정도의 굉음이 울려 퍼졌다. 겁먹은 얼굴이 차차 펴지면서 두려움은 놀라움으로 변했고, 놀라움은 다시 변해 웃음으로 바뀌었다. 폭포에서 튄 물방울이 우리의 얼굴을 덮쳤을 때, 우리가 탄 보트가 폭포수 주위를 한 바퀴 돌았을 때, 우리 모두는 잠시나마 자연 속에 푹 파묻혀 하나가 되는 희열을 만끽할 수 있었다.
 "원 모어 타임(One more time)!"
 누군가 스피드 보트를 운전하는 현지인에게 팔로 크게 원을 그리며 큰 소리로 주문했다. 현지인이 만족스럽다는 듯 씩 웃었다. 스피드 보트는 다시 폭포수로 향했다. 이번엔 모두가 겁을 먹지 않고 처음부터 큰소리로 웃어젖혔다. 그러나 폭포수의 굉음이 우리의 웃음소리를 앗아갔다. 바로 대자연과 우리가 하나 되는 순간이었다. 그리고 그것은 자연이 인간을 압도하는 것이 아닌, 포근한 포옹이었다.

그랬다. 분명히 그랬다. 그 순간은 혜진을 잊을 수 있었다. 그러나 그 순간들은 비 온 뒤의 무지개처럼 아주 짧은 것이었다. 한때의 떠들썩함이 지나간 다음 버스 안에 앉아 있을 때, 오직 제트엔진 소리뿐인 야간 비행기 안의 정적에 잠겨 있을 때, 저녁식사 후의 여유가 우리 곁에 자리를 같이할 때, 혜진에 대한 기억은 무자비하고 끈질기게 나를 찾아왔다. 아니다. 혜진을 망각의 늪으로 몰아넣으려는 내 의식이 도리어 혜진을 다시 불러내어 내 머릿속에 자리를 잡게 하는 것이다.

그래도 견뎌낼 수 있었다. 이전보다 더욱 자주 술의 힘을 빌려 혜진과의 추억과 맞닥뜨릴 용기를 가질 수도 있었다. 그럴 때 어쩌면 나는 혜진과의 이별을 받아들이기보다 혜진과의 추억을 곱씹으며 혜진과의 영원한 헤어짐이라는 냉혹한 현실을 받아들이지 않고 있었을지 모른다.

아, 술의 고마움이란! 인류가 발명한 최상의 진통제인 술은 나의 둘도 없는 대화 상대이기도 했다. 술과 나는 부담 없이 서로를 사랑한 것 같다. 같이 있을 때보다 만났다가 헤어지고 난 후에 나에게 더 큰 도움을 주었다.

폭주를 한 다음날, 지난밤의 폭음으로 괴로워할 때 아무 생각도 나지 않았다. 그 괴로움이 어서 사라지기만을 바랐다. 적어도 그때만큼은 혜진을 잊을 수 있었다. 그러나 나는 알고 있었다. 고통을 잠시 망각하게 해주는 술이 동시에 내 재능을 죽이고, 내 육체를 망가뜨리고, 내 생명을 단축시키고 있다는 것을. 그러나 나는 그것을 기꺼이 받아들였다. 언젠가 나의 고통은 끝나야 하기 때문에.

술의 도움을 받지 않고서 견뎌낼 때도 많았다. 아침에 눈을 떴을 때, 낮 동안 혼자가 되었을 때, 나는 내 노력으로 참고 견뎠다. 내 가슴은 텅 비어 그 속에 이미 아무것도 남아 있지 않았을지는 몰라도, 그것은 내 가슴만의 문제였지 겉보기에는 멀쩡했다. 나는 볼 수도, 먹을 수도, 웃을 수도, 걸어다닐 수도 있었다.

아! 그러나 참고 견뎌내지 못할 때가 있었다. 세상의 모든 것을 잠재우는 심야의 정적이 찾아오면, 그리고 그 정적 속에서 이제는 추억으로 자리 잡은 혜진의 속삭임이 들려오면 나는…… 나는…… 엄마의 품을 그리워하는 어린아이처럼 울었다. 남몰래 이불 속에서 혼자 흐느꼈다.

만남

한때 나는 무존재의 선택, 즉 죽음을 선택하는 문제에
대해 심각히 생각해보았다. 그래서 그것에 관한 니체와
괴테의 글을 찾아 다시 신중히 읽어보았다. "자연사가
가장 나쁜 것이다. 전쟁터에서 죽을 수 없다면 자신의
업적과 후계자에게 가장 도움이 될 때 죽음을 선택하라"
는 니체의 주장은 업적도 후계자도 없는 나에겐 적용되
지 않는다고 판단되었다. 그리고 "견딜 수 없는 폭군의
멍에로 신음하는 국민이 드디어 봉기하여 쇠사슬을 끊는
다고 그런 국민을 심약한 자라고 할 수 있겠는가?"라는
젊은 베르테르의 울부짖음을 통해 무존재의 선택을 찬양
한 괴테의 주장은 스무 살 낭만주의 청년의 만용에 지나

지 않는다는 결론을 얻었다. 결국 나는 '살아 있는 자는 희망이 있다'는 「전도서」의 한 구절을 살다 보면 해결 방법이 나온다는 것으로 해석했고, 그래서 무절제하지만 이때까지 숨쉬기를 계속했던 것이다.

혜진과 헤어진 후 그 1년 사이 내가 꾸준히 만난 사람은 오직 한 사람밖에 없었다. 심미정. 그녀만이 나를 이해해주는 것 같았다. 그녀가 나에게 보내는 눈빛 하나만으로도 나는 그녀가 내 고뇌의 본질을 꿰뚫고 있다고 확신할 수 있었다. 나는 종종 나를 감싸주고 위로해주는 그녀의 눈길을 필요로 했다. 마이크를 통해 혜진을 만나기까지의 과정도 잘 알고 있고, 혜진의 일기를 읽고 난 후 혜진의 심경을 그녀와 상의했을 뿐만 아니라 나는 그녀 앞에서 눈물을 보이기까지 했던 것이다.

그녀의 나에 대한 관심과 이해가 정확히 어떤 것인지는 몰라도 단순한 우정 이상의 그 무엇이 있음에 틀림없다는 생각이 들기도 했었다. 그러나 나는 그것을 친구인 동시에 동료 문인으로서의 배려 이상으로는 생각하고 싶지 않았다. 미정은 자주 나를 불러냈고, 나는 가능하면 거절하지 않았다. 둘이 만날 때면 그녀는 내게 혜진의 추억에서 벗어나 다시 글을 쓰라고 종용하는 것을 잊지 않았다.

어느 날 저녁 카페에서 나는 미정과 마주 앉았다. 어느 시인이 운영한다는 카페 안은 이른바 글을 쓴다는 문인들이 잔뜩 차지하고 있었다. 대화 내용을 들으나마나, 서로가 저 잘났다고 떠들고 있는 것이 분명했다.

"우린 정말로 이기적인 인간들이야."

나는 주위를 둘러보며 말했다.

"아니, 왜 또 시비야? 요새 문단에 너에 대한 소문이 어떻게 난 줄 알아?"

미정이 상체를 숙이고 나에게 속삭이듯 말했다.

"알고 있어, 그것도 정확히."

나는 주위 사람들이 들으라고 일부러 큰소리로 말했다. 그리고 덧붙였다.

"대중소설만 쓰다 보니 허무감 때문에 알코올 중독자가 되어가고 있다고? 그건 상관할 필요가 없는 일이야. 여하튼 우린 정말로 이기적인 인간들이야."

"우리란 누구를 말하는 거야?"

"소설을 쓴다고, 시를 쓴다고 껍죽거리는 놈들 말이야."

"왜 그렇게 생각해?"

"너도 잘 생각해봐. 자신에게 필요하다고 판단되면 누구든 가리지 않고 눈 하나 까딱하지 않고 글로 난도질을

만남 **219**

하면서 누군가 자신을 헐뜯기라도 하면, 아니 알아주지 않으면 펄펄 뛰고 난리를 치잖아?"

"말조심해. 혼자만 자기 자신을 비하하면 됐지 왜 다른 사람들까지 끌어들여?"

"우린 정말로 믿을 수 없는 인간들이야."

"……."

"이중인격, 아니 다중인격을 가지고 있으면서 상황에 따라 자유자재로 변신할 수 있는 사람들이니까 말이야."

"그러니까 소설을 쓸 수 있지. 여러 종류의 작중인물이 될 수 있으니까."

"입체적인 미적분 수준이어야 할 플롯을 기껏해야 2차 방정식 수준 정도로 풀어내며, 평면적으로 전개된 신변잡기나 기록물류나 가정사의 에세이류 글들을 반복하거나 재생산하면서 우리는 최고의 소설가처럼 행동하고 있어."

우리 사이에 잠시 침묵이 찾아왔다.

"우리는 참 잔인한 인간들이야."

내가 다시 말했다.

"……."

"소설의 소재가 된다면 자식의 죽음까지도 관찰하려고 들 거야."

"그건 너무 과장된 얘기야."

"우리는 참 파렴치한 인간들이야."

"……."

"글쓰는 재주밖에 없으면서, 아니면 워낙 게을러서 다른 일은 할 능력도 없으면서, 자신이 가장 중요한 일을 하고 있다고 믿고 있으니까 말이야."

"글쓰는 재주는 타고나야 하는 거야. 그런 재주를 타고난 사람은 많지 않아."

"너도 지독한 에고이스트구나……."

"나를 에고이스트라고 해도 좋아. 지금 문제는 그게 아니야. 바로 정훈이 네가 문제지."

"무슨 문제?"

"너는 지금 자신을 파멸의 구렁텅이에 밀어넣고 있어. 도저히 결합할 가능성이 없는 여자에게서 헤어나지를 못하고 있단 말이야."

"그건 잘못된 생각이야. 난 이미 혜진이란 여자를 잊은 지 오래됐어."

"언제부터?"

"지난달, 마이크에게서 들었어. 혜진 씨가 임신을 했다는 소식을 듣는 순간 나는 혜진 씨를 잊어버렸어."

"하지만 아직도 헤어나지 못했다는 심증이 있어."

미정이 내 눈을 응시하며 말했다.

"무슨 심증이 있다는 건지 말해봐."

"첫째, 네 술버릇이야. 옛날에는 지금과 같이 무절제하지 않았어. 둘째, 네 말버릇이야. 전에는 지금처럼 생각나는 대로 멋대로 지껄이고 말하는 것마다 그렇게 비판적이지 않았어. 셋째, 네 외양이야. 넌 지금 죽어가고 있어. 내가 누구보다도 잘 알고 있어. 아마 나보다 네 자신이 더 잘 알고 있을 거야."

"내가 답을 하지. 첫째, 사람은 종교나 미신을 믿든지 아니면 술을 마셔야지만 세상살이를 견딜 수 있어. 나는 그중에서 술을 택했을 뿐이야. 둘째, 장소와 때와 상대를 가리지 않고 자신의 주장을 펴는 사람만이 자유인이야. 그런데 우리 모두는 자유인이 되기를 포기했어. 그렇지만 난 지금 다시 자유인이 되기로 작정했어. 그게 얼마나 달콤한 건지 알아? 셋째, 사람은 누구나 다 죽어가고 있어. 언제 죽느냐 하는 것은 운명에 달려 있지. 나는 내가 죽어가는 것을 다른 사람의 눈에 숨기고 싶지 않을 뿐이야."

"정훈아, 우리 작가들의 가장 중요한 특권이 뭔 줄 알아?"

나는 미정의 질문에 답하는 대신 그녀를 쳐다보았다.

"우리의 영혼을 괴롭히는 것을 글로 써버리는 거야. 그렇게 함으로써 우리의 영혼은 자유로울 수 있지."

"내 영혼을 괴롭히는 것이 무엇인 것 같아?"

"혜진이라는 여자, 그 여자에 대해서 소설을 써봐. 누가 알아? 네가 바라는 걸작이 나올지……."

"내가 말했잖아. 혜진 씨는 이미 내 영혼을 괴롭히지 않는다고. 혜진 씨가 아이를 가졌다는 말을 마이크로부터 들었을 때 내 영혼은 그녀로부터는 해방되었어. 그런데……."

"그런데…… 그런데 또 뭐가 문제야?"

"혜진 씨와 같은 여자를 찾으려는 노력을 포기할 수 없다는 내 아집이야."

"아집이든지, 추억이든지 상관없어. 여하튼 그 여자에 관한 일이니 써버려. 책으로 내지 않아도 좋아. 원고지에 옮기는 순간 네 가슴속에 있는 그 무엇이 새장에 갇혀 있던 새가 창공을 날듯이 멀리 날아가버릴 거야."

"미정이 네가 한 가지 잊어버린 게 있어. 뭔지 알아?"

나는 미정을 올려다보았다. 미정은 빨리 말하라는 듯 나를 쳐다만 보았다.

"실제 경험을 써봐야 소설은 될 수 없어. 진정한 소설은 잠재의식의 소산이야. 인간이 경험한 세계의 깊이나 느낌이 의식에 머물다가 세월이 흘러 잠재의식으로 옮겨졌을 때 그 경험이 소설의 소재가 될 수 있는 거야. 하지만 그것만으로도 좋은 소재를 이룰 수는 없어. 그 경험이나 느낌은 의식이 받아들이지 못할 정도의 고통스러운 것이거나 충격적인 깨달음이라야 돼. 그래서 의식에서는 본능적으로 거부되어 잠재의식 속에 머무르게 되는 거야. 결국 소설 쓰기란 잠재의식의 껍질을 깨는 고통스러운 작업이야. 잠재의식 속에 들어 있는 그 무엇이, 펜을 들고 쓰고 있는 동안에 나와주어야 돼. 의식의 정상적인 활용으로서는, 아무리 오랫동안 노력해도 나올 수 없는 그 무엇이 잠재의식 속에 갇혀 있다가 가슴을 통해, 손을 통해, 그리고 펜을 통해 원고지에 옮겨지는 거야. 그게 바로 글쓰기의 고통이자 희열이지."

내 얘기를 다 듣고 난 후에도 미정은 잠자코 있었다. 나는 나의 장광설에 다소 겸연쩍은 느낌이 들었다.

"너무 혼자서 떠들었나 봐. 결론은 혜진 씨를 모델로는 소설을 쓸 수 없다는 거야."

"그래도 한번 더 생각해봐. 나를 위해서라도……."

내가 고개를 들자 그녀가 내 시선을 피해 고개를 숙였다. 그녀가 몹시 측은하게 느껴졌다.

"알았어. 너를 위하는 일이라면 한번 생각해볼게. 그

러나 작가가 보편성을 획득하지 못하면서 자신의 경험을 쓴다면 그것은 파렴치한 일일 뿐이야."

"그리고 단편이냐 장편이냐 따질 필요가 없어. 내가 보기엔 너는 단편보다 장편에 더 소질이 있어."

"글쎄…… 그럴지도 모르지……."

"『안나 카레니나』 같은 장편을 써보도록 해. 단편 이상 의 밀도를 지닌 장편도 많아."

"그런 장편이라면 써볼 만하지……."

그 말을 끝으로 우리는 자리에서 일어났다.

다음날 아침, 눈을 뜨자마자 서둘러 김포공항으로 갔 다. 제주도행 비행기를 타기 위해서였다. 미정의 부탁을 받아들여 혜진과 나 사이에 일어난 일을 소설화하기 위 해, 그래서 미정이 기대한 대로 내 영혼을 괴롭히는 혜 진의 생각을 떨쳐버리기 위해서는 결코 아니었다. 혜진 과 있었던 일을 활자화함으로써 새장에 갇힌 새를 날려 보내듯이 혜진을 잊을 수 있다는 미정의 단순한 생각에 많은 사람들이 공감할지는 모르지만, 잘못된 생각이라는 것을 나는 알고 있었다.

혜진과의 추억을 원고지에 옮긴다는 것은 그 추억을 고스란히 재생하는 것이고, 재생된 추억 속에 들어간다는 것은 나로서는 화약을 짊어지고 불속에 뛰어드는 것과 다를 바 없었다. 그 이유 때문만은 아니었다. 더욱더 중요한 것은 혜진과의 추억은 고스란히 추억으로 남길 일이지, 내가 아무리 소재에 굶주린 소설가라 하더라도 활자화할 성질의 것이 아니었다.

글쎄, 모르겠다. 내 머리가 백발이 되어 인생의 황혼을 느긋이 바라보며, 나도 한때 죽도록 사랑했던 여자가 있었다고 자위하며 흐뭇한 미소를 지을 수 있을 때가 되면 그것을 소설화할 수 있을지도 모르겠다. (결국 이 예측은 들어맞았고, 나는 이제 내 인생의 썰물이 밀려나가는 것을 보면서 이 글을 쓰게 된 것이다.) 그러나 지금 상태로는 혜진과의 추억은 추억이라기보다 나의 거친 숨소리이고, 가슴 깊숙이 들이마시는 대기의 공기였다. 아무리 노력해도 소설이 되게끔 객관화한다는 것은 불가능했다. 내가 소설화하려고 노력한다면 그것은 아마 소설이라기보다 어미를 잃고 길을 잃은 어린 늑대의 울부짖음이 될 것이다.

그럼에도 불구하고 내가 제주행을 다시 결심하게 된 이유는 분명히 혜진 때문이었다. 그러나 혜진과 연관된 소설을 쓰기 위함은 아니었다. 혜진을 영원히 살려두기 위해서였다. 혜진이 죽으면 자신의 재를 뿌려달라던 범섬 앞 바다 밑에서…….

　전날 밤 나는 미정과 헤어진 후 집필실로 돌아와 소파
에서 자던 중 갑자기 잠에서 깨어났다. 그즈음 긴긴 밤
을 지낼 수 있도록 나를 도와주었던 독한 술도 효력이
없었다. 나는 한밤중의 정적에 치를 떨었다.

　나는 나를 괴롭히는 거의 모든 것을 견뎌낼 수 있었
다. 황혼이 가져다주는 우울함, 폭우가 쏟아지는 날의
외로움, 계절이 바뀌면서 찾아오는 뼈아픈 추억, 술이
깼을 때 느끼는 허무함……. 그러나 한밤중의 정적, 그
정적만은 어떻게 견뎌내야 할지 알지 못했다.

　나는 황급히 소파에서 일어났다. 불도 켜지 않은 채
창문으로 들어온 달빛의 도움을 받아 옷을 주섬주섬 입
은 후 집필실 밖으로 나왔다. 희미한 가로등 밑을 따라
보도 위를 걸어갔다. 가끔씩 대로를 질주하는 자동차가
나를 덜 외롭게 했다. 얼마 전부터 나는 혜진을 잊는 가
장 좋은 방법은 몸을 움직이는 것이라는 사실을 깨달았
다. 가능하면 술에 취한 채 걸으면서 어릴 적 생각을 떠
올리는 것이 가장 효과가 있었다. 보통의 경우 반 시간
이 조금 지나면 과거 어린 시절로 돌아가는 나 자신을
발견하고 속으로 안도하곤 했다. 그러나 그것도 오래갈

수 없다는 것을 나는 알고 있었다. 어린 시절은 곧이어 바로 전의 과거, 혜진과 연관된 과거로 곧바로 이어졌기 때문이다.

점차 주위가 부윰해지면서 날이 밝아오기 시작했다. 어느 순간 혜진과 연관된 과거와 함께 퍼뜩 어떤 공포가 몰려왔다. 나는 무엇에 놀란 사람처럼 걷던 걸음을 멈추었다. "셋째, 네 외양이야. 넌 지금 죽어가고 있어. 내가 누구보다도 잘 알고 있어. 아마 나보다 네 자신이 더 잘 알고 있을 거야"라는 미정의 말이 내 귀에 울려 퍼졌다. 미정의 말이 맞았다. 나는 죽어가고 있었다. 내일이 될지 내년이 될지는 몰라도……

죽음은 두렵지 않았다. 그러나 혜진과 맺은 약속, 그녀가 죽은 뒤 범섬 앞바다에 자신의 재를 뿌려달라는 약속을 지킬 수 없다는 생각이 나를 괴롭혀왔다. 무슨 방법이 없을까? 그렇다. 혜진을 그곳에서 살게 해주자. 그래서 내가 죽더라도 혜진이 그곳에서 영원히 살아 숨쉬게 하자. 내가 할 일은 바로 혜진의 모습을 바닷속 암벽에 조각해놓는 것이다. 그 조각에 꼭 형상화하고 싶은 부분이 있다. 그것은 혜진의 아파트 앞에서 헤어지던 날, 그녀가 지어 보인 미소였다.

* * *

그 미소를 가장 가까이 재현한 때는 조각이 거의 완성 단계에 들어갔을 무렵이었다. 바로 그때 나는 그 미소를 새기는 조각에 심취했기 때문에 산소가 모자라는 것을 뒤늦게 알아채고 급히 부상하느라 잠수병에 걸렸다. (그러나 오랜 세월이 지난 지금에 와서도 그 순간을 한 번도 후회해본 적이 없다. 왜냐하면 그 사고 후 얼마 되지 않아 혜진과의 만남이 이루어졌기 때문이다.)

내가 하와이에 있는 잠수병 치료 센터에 입원하고 있을 때 혜진이 마이크로부터 소식을 전해듣고 찾아왔다. 물론 해저에 그녀의 조각상을 만들다가 사고가 났다는 사실을 혜진이 알 리가 없었다. 그것은 이 세상에서 영원히 나 혼자만의 비밀로 남겨져야 했다.

혜진이 병실 문을 열고 들어섰을 때 첫 번째로 내 눈에 띈 것은 산달을 앞에 둔 혜진의 모습이었다. 내가 머릿속에, 가슴속에, 아니 내 온몸 구석 구석에 간직한 혜진의 모습과는 너무나 어울리지 않았다. 그러나 그 모습은 놀랍게도 이전의 혜진의 외모보다 훨씬 아름다워 보였다. 그 충격이 나를 미소 짓게 했다.

나는 미소 지으며 침대에 누운 채 문 앞에 서 있는 혜

진의 배를 가리켰다. 혜진이 어리둥절해하자 내 손으로
내 배를 두드려 보였다. 혜진이 환한 미소 속에 배를 쑥
더 내밀었다. 그 모습이 우스워 웃음을 터뜨렸다. 혜진
도 똑같이 웃었다.

순간 나는 혜진과의 만남에서 전에는 한 번도 경험하
지 못했던 평온함을 느꼈다. 아마도 둘이 한몸이 되었을
때도 그런 평온함은 아니었다. 나는 그 이유가 무엇일까
생각해보았다. 그것은 첫 번째로 어머니가 될 여자만이
내뿜을 수 있는, 모든 사람의 잘못을 용서할 듯한 관대
함이랄 수 있었다. 아니다. 그것뿐만이 아니다, 라고 다
음 순간 생각을 바꾸었다.

그것은 소유와 관계가 있었다. 혜진은 직접적으로는
뱃속의 아이에게 소유되어 있었고, 간접적으로는 그 아
이의 아버지에게 소유되어 있었다. 혜진에게 나는 아무
권리도 없었다. 그것이 나를 편안하게 하는 것 같았다.
아! 소유에서 벗어나는 것이 이렇게 평온한 것인 줄은
왜 몰랐었나?

혜진이 침대에 다가와 옆에 놓인 의자에 앉았다.

"제가 왜 여기 온 줄 아세요?"

혜진이 한 말이었다. 나는 그런 혜진에게 뭐라 대꾸할
말을 찾지 못해 잠자코 있었다.

230

"당신한테 사인을 받으러 왔지요."

혜진은 핸드백에서 책을 꺼냈다. 마이크가 번역해 몇 달 전 미국에서 출간된 내 단편집이었다.

"사인을 받으러 너무 먼 길을 왔어요."

내가 미소 지으며 말했다.

혜진은 못 쓰게 된 내 다리 쪽에는 시선을 피한 채 펜을 꺼내 내 앞으로 내밀었다. 나는 펜과 책을 받았다. 혜진의 이름을 쓰고 'with my deepest admiration'라는 문구 다음에 내 이름을 사인해주었다. 'admiration'이란 단어에 혜진의 시선이 머무는 것 같았다. 한국어 판의 같은 단편집을 줄 때는 'love'라는 단어를 사용했었다.

"세상의 모든 어머니는 존경을 받아야 해요."

내가 혜진의 배에 시선을 주며 말했다.

"아직은 예비 엄마에 지나지 않아요."

혜진이 배에 손을 대며 말했다. 그것으로 우리는 우리 둘을 갈라놓았던 세월을 지워버렸다. 동시에 내가 그동안 겪었던 모든 고뇌도 내 기억에서 영원히 사라져버렸다.

혜진은 번역된 단편의 구절에 대해, 특히 혜진의 마음에 들었던 「어머니 생각」의 번역된 구절의 영어 단어 선택에 관해 나의 의견을 물으며 대화를 자연스럽게 이끌어갔다. 대화가 이어가는 동안, 놀랍게도 혜진과 헤어지기 전의 세월과 지금이 단단히 이어져 있고, 그 사이에 결코 다른 일은 일어나지 않았다는 느낌이 들었다.

"인도에서 보내준 편지 아직도 잘 간직하고 있어요."

단편집을 덮으며 혜진이 대화를 바꾸었다. 내가 물끄러미 바라보자 혜진이 말을 이어갔다.

"힌두교의 윤회사상이 맞는 것 같아요…… 두 사람이 만나 짝을 맺고 자식을 낳고 그런 다음, 때가 되면 한 줌의 재가 되어 영원히 사라진다는 것이 가장 믿기 어려운 거예요. 지구상에서의 삶은 아주 기나긴 우리들 삶의 찰나에 지나지 않아요. 그렇게 생각하지 않으세요?"

나는 동의의 표시로 혜진의 손을 꼭 잡아주었다. 그리고 덧붙였다.

"내 편지에 얘기한 인도 거지들의 표정을 기억해요?"

"다음번 생에서 태어날 때의 부귀영화를 꿈꾸며 짓는 편안한 표정 말이지요? 기억하고 있어요. 그들이 가장 현명한 사람들이에요."

혜진은 행복해하는 미소를 지어 보였다. 내가 짓는 미소도 똑같이 행복에 젖은 미소였을 것이었다. 혜진이 내 가슴에 뺨을 살짝 올려놓았다. 그런 상태로 우리는 한참을 있었다. 서로의 체온을 느끼고 서로의 숨소리를 들으면서…….

"카페 정리한 돈을 서울에 두고 왔어요. 미국 생활에서는 필요가 없어서요."

혜진이 혼잣말처럼 내 가슴에 얼굴을 댄 채 속삭였다. 그리고 내가 아무 말 하지 않자 다시 속삭였다.

"치료비에 보태 쓰셔도 돼요."

그 순간 혜진의 낮은 흐느낌이 내 가슴에 전해왔다. 병실 문을 들어서면서부터 가슴 깊이 감추어두었던, 미소로써 단단히 포장을 한 흐느낌임을 나는 알아챘다. 나는 혜진이 마음껏 흐느끼도록 그냥 내버려두었다.

잠시 후 혜진의 흐느낌이 가라앉자 그녀의 머리를 쓰다듬으며 내가 입을 열었다.

"감귤농장 수입으로 생활비와 간병인 비용은 충분해요. 치료비는 내가 내 힘으로 벌 수 있어요…… 그래야지만 글을, 이왕이면 좋은 글을 쓸 동기를 갖게 되지요."

"여하튼 그 돈이 거기 있다는 것은 꼭 기억해두세요."

혜진이 그렇게 말한 다음 눈물을 닦은 후 고개를 들고 환한 미소를 지어 보였다.

그다음 우리의 대화는 혜진의 미국 생활, 미국인 이웃의 자상함, 그리고 김혁수의 성공적인 성형수술로 이어졌다. 반면, 우리의 대화는 우리 두 사람만이 경험한 그 수많은 이야기에는 근접도 하지 않았다. 그 점에 대해서 나는 혜진에게 한없는 고마움을 느꼈고 혜진도 똑같이 그랬을 것이다.

혜진은 헤어지기 전 나에게 마지막으로 "우리 꼭 열심히 살아요. 당신은 좋은 글을 계속 쓰셔야 하고요…… 당신이 저한테 한 약속 안 잊으셨지요? 제가 죽은 후 재를 범섬 앞바다에 뿌려준다는 거요……. 재의 일부라도 당신에게 보내라는 유언을 꼭 남길게요……. 저도 열심히 오래 살 거예요. 당신은 그래서 더 오래 살아야 해요"라는 말을 남겼다.

그리고 혜진은 병실 침대 위에 누워 있는 내 이마에 입맞춤을 한 후 뒤돌아 병실 문 쪽으로 갔다. 혜진이 손잡이를 잡는 순간 뒤돌아보았다. 그녀의 눈빛이 '제가 왜 당신을 떠났는지 알지요?'라고 말하는 것 같아 나는 누운 채 손을 들어 작별을 고하며 미소 지어주었다. 그 미소 속에 '당신의 일기를 몰래 읽은 것은 나의 잘못이었어요'라는 사과의 말을 담았다. 혜진은 미소로써 답했고, 그 미소는 내가 예전에 혜진과 헤어지기 전 마지막으로 본 미소와는 전혀 다른 아주 희망적인 삶의 기쁨을 알려주는 미소였다. (그래서 그때부터 사반세기가 지난 지금까지도, 비록 얼어붙은 내 심장은 녹지 않았지만, 나는 기쁨으로 삶을 이어가고 있다. 인생에서 가장 아름다운 것이 삶의 기쁨이고, 또한 그것은 사랑하는 여인이 이 세상 어디엔가 존재하고 있다는 사실과 이분할 수 없다는 것이 나의 믿음이 되었다.)

그 믿음에서 비롯된 행복함 속에서 세월은 흘러가고, 세월이 흘러가면서 우리 둘은 늙어가고, 또 늙어가면서 얼어붙은 내 심장은 눈 녹듯 녹을 것이다. 그다음 어느 눈부신 햇살 비치는 날, 저 높은 어딘가에 숨겨져 있는, 우리 둘만이 알고 있는 아늑한 만남의 장소에서 우리 둘은 만나고, 그리고 그곳에서 이 세상에서는 아무도 가본 적이 없는 미지의 세계로 향하는 우리 둘만의 여정이 시작될 것이다.

그리고 그것은 끝을 모르는 경이로움이 펼쳐진, 우리 둘만의 모험으로 가득 찬 여정이 될 것이다. 어느 저녁의 황혼과 어느 새벽의 일출도, 어떤 삶의 슬픔과 어떤 삶의 활력도 우리 둘의 눈에서 벗어나지 못하게 하면서, 그러다가 또 다른 헤어짐이 우리의 여정을 가로막으면 그것을 피해가기보다 또 다른 만남을 기약하면서, 이번에는 미소로써 헤어짐을 받아들이고 다음번의 만남을 우리 둘만의 달콤한 비밀로 그 미소 속에 깊이 숨겨둘 것이다.

에필로그

초겨울 어느 날이었다. 구름 한 점 없는 파란 하늘과 호수면처럼 잔잔한 바다, 바다 위에 우뚝 솟아 있는 범섬을 덮은 소나무숲의 고요함, 그리고 바다 위를 나는 한 무리의 갈매기들……. 이 모든 것이 겨울바다의 풍경이라고는 상상할 수 없을 정도로 평온함을 간직하고 있었다. 그 풍경 속에 한 척의 낡고 자그마한 목선이 외로운 겨울바다를 위안이라도 하듯 떠 있었다. 목선 위에 한 여자와 두 남자가 있었다.

여자와 어부가 등 뒤에 스쿠버 다이빙 장비를 갖춘 남자를 일으켜 세웠다. 그러고는 남자의 양쪽 겨드랑이에 목발을 한쪽씩 끼워주었다. 두 목발 사이에서 남자의 두 다리는 그의 몸에 붙어 있지 않은 것처럼 축 늘어져 있었다. 남자는 목발로 한쪽씩 힘들게 서너 걸음을 옮겼다.

남자는 배 가장자리에 잠시 서 있었다. 목발에 의지한 몸을 조금 숙이는 듯하다가 갑자기 목발을 뒤로 밀침과 동시에 머리부터 바닷속으로 들어갔다. 마치 새장에 갇힌 야생조가 새장을 탈출하여 창공을 날듯이.

"바닷속에서는 정훈이가 다리를 자유롭게 쓸 수 있대요?"

심미정이 어부에게 물었다.

"네, 그렇다고 해유. 잠수병은 원래 바닷속에서는 보통 사람과 다름이 없어유."

"사고가 난 지 벌써 2년이나 흘렀네요. 정훈이는 요즘 어떻게 지내나요?"

"댁이 이해 못할 정도로 아무렇지도 않어유. 이틀에 한 번씩 이곳에 나와 스쿠버 다이빙을 하는 것 외에는 책을 읽거나 글을 쓰면서 지내지유."

"스쿠버 다이빙을 그렇게 자주 하나요?"

"그래유. 도대체 바다 밑에서 뭘 하는지 모르겠어유."

어부가 고개를 갸우뚱하면서 말했다.

물고기 떼가 지난 곳에서 얼마 안 가 암벽이 그의 눈앞에 나타났다. 그는 암벽에 몸을 기대는 듯하더니 암벽

속으로 사라졌다. 암벽 틈바구니에서 뻗어나온 해초만이
암흑 속에서 물결에 흔들리고 있었다.

그는 몸을 옆으로 하여 암벽 틈새를 두 손으로 밀치며
그 안으로 들어가고 있었다. 15미터 정도 들어가자 더
넓은 공간이 나타났다. 손전등에서 나오는 불빛이 암석
으로 둘러싸인 10평 정도 되는 모래바닥을 드러냈다. 그
는 손전등을 껐다.

그는 무엇에 쫓기는 듯 빠른 동작으로 입에 문 레귤레
이터를 뺀 후 등에 멘 산소 탱크를 내려놓으면서 발에
걸치고 있던 물갈퀴로 물을 찼다. 그러고는 반대쪽 벽으
로 쏜살같이 다가갔다. 그는 벽에 찰싹 붙어 움직일 줄
을 몰랐다. 공간 속의 모든 것이 정지한 것처럼 보였다.
그곳을 메운 바닷물도 움직이지 않는 것 같았다. 그러한
정적 속에 오로지 벽에 찰거머리처럼 붙은 그의 육체만
이 몸부림치고 있었다.

얼마 후 그는 벽에서 갑자기 떨어져 나왔다. 암흑 속
에서 모든 것이 보이는 듯 그는 조금도 주저하지 않고
산소 탱크가 놓인 곳으로 쏜살같이 헤엄쳐가 레귤레이
터를 입으로 가져갔다. 그는 공기를 깊숙이 들이마신
후 서서히 내뿜었다. 레귤레이터에서 나온 공기가 기포
가 되었을 때, 그때까지 계속되었던 정적은 깨졌다. 그

공기 속의 모든 것이 다시 움직이기 시작했다. 해초가 물결에 사뿐사뿐 흔들렸다. 바닷물이 다시 맴돌기 시작했다.

잠시 후 그는 입에 문 레귤레이터를 다시 떼었다. 그리고 암벽 쪽으로 다가갔다. 그는 벽 한 곳을 두 손으로 잡고 몸부림치며 얼굴을 그곳에 비벼댔다. 그동안 그는 숨을 쉬지 않고 있었고, 주위의 모든 것도 따라서 숨을 쉬지 않았다. 그가 다시 돌아와 레귤레이터를 입에 물고 공기를 들이마셨을 때 주위의 모든 것도 다시 움직이기 시작했다.

서너 차례 그러기를 반복한 후 레귤레이터를 입에 물고 산소 탱크를 등에 메었다. 모든 것이 암흑 속에서 대낮인 것처럼 자연스럽게 진행되었다.

그는 손전등으로 그가 조금 전에 갔었던 벽 쪽을 비췄다. 그곳에서 무언가가 희미한 윤곽을 드러냈다. 아름다운 여인의 전신 조각상이었다. 여인은 그에게 은은한 미소를 보내고 있었다.

한국문학사 작은책 시리즈 5

범섬 앞바다

초판 1쇄 인쇄 2015년 12월 21일
초판 1쇄 발행 2016년 1월 4일

지은이 홍상화
펴낸이 홍정완
펴낸곳 한국문학사
주간 홍정균

편집 이은영 홍주완 배성은
영업 한충희
관리 황아롱
디자인 배세진 김진희

04151 서울시 마포구 독막로 281(대흥동) 한국문학빌딩 5층

전화 706-8541~3(편집부), 706-8545(영업부) | 팩스 706-8544
이메일 hkmh73@hanmail.net
블로그 http://blog.naver.com/hkmh1973
출판등록 1979년 8월 3일 제300-1979-24호

ISBN 978-89-87527-47-5 03810